KB062361

**로크미디어**가
유혹하는
재미있는 세상

# 이것이 법이다

# 이것이 법이다 88

2020년 5월 20일 초판 1쇄 인쇄
2020년 5월 25일 초판 1쇄 발행

**지은이** 자카예프
**발행인** 이종주

**총괄** 김정수
**경영 지원** 배진경 임혜솔 송지유

**기획** 이기헌 왕소현 박경무
**책임 편집** 최전경

**발행처** (주)로크미디어
**출판등록** 2003년 3월 24일
**주소** 서울시 마포구 성암로 330 DMC첨단산업센터 3층 318호, 319호
**Tel** (02)3273-5135 **편집** 070-7863-8592 **Fax** (02)3273-5134
**홈페이지** rokmedia.com **E-mail** rokmedia@empas.com

ⓒ 자카예프, 2015

값 8,000원

ISBN 979-11-354-5672-5 (88권)
ISBN 979-11-255-9575-5 04810 (세트)

# 이것이 법이다

## 88

자카예프 장편소설

ROK
MEDIA
로크미디어

# CONTENTS

수능이 끝난 후 매번 나오는 이야기 중 하나가 바로 정답에 관한 문제다.

오타 같은 경우는 애교이고 정답이 안 맞는 경우도 종종 있다.

심지어 문제 자체에 오류가 있는 경우도 있다.

매년 수백 명이 문제를 내고 그 문제를 검수하는데도 말이다.

물론 그런 경우는 문제가 안 된다.

잘못된 걸 인정하고 그에 따른 대응책을 제시하면 그만이다.

"그런데 이 경우는 어떻게 해야 하나요?"

"어…… 음…… 글쎄요?"

노형진은 머리를 긁적거렸다.

수능 문제가 잘못되었다.

아니, 잘못되었다고 주장하고 있는 상황.

"고연미 변호사님이 생각하기에는 어떤 것 같나요?"

"글쎄요. '화자의 심정은?'이라고 하는데. 화자의 심정은
정답이 없잖아요."

"복잡스럽네요."

올해, 아니 작년 수능 국어영역 지문.

화자의 심정을 추론하는 문제다.

"그런데 고소 당사자가 그 서중서 작가 본인이라는 거지."

노형진은 머리를 긁적거렸다.

"전에 노 변호사님이 비슷한 문제를 해결한 적이 있잖아요."

"그건 그림이었지요."

당사자는 가짜라고 하는데 자칭 전문가라는 작자들이 진
짜라고 당사자를 고소한 사건.

"그런데 이건 그것처럼 입증할 수 있는 것도 아니고."

수능에 작품 속 화자의 심정을 묻는 문제가 나왔다.

그런데 바로 그 작품의 작가의 손자가 수능을 보았고, 그
문제를 틀렸다.

"문제는, 화자의 심정을 가장 잘 아는 사람은 작가란 말이죠."

노형진은 머리를 긁적였다.

"그리고 그 수능을 본 학생은 그 문제의 정답을 다른 사람
도 아닌 원작자인 서중서 작가에게서 들었고 말이죠."

수능 문제상의 정답에는 화자가 사회에 반항하고 기존의 질서에 대한 절망이 현 상황에 대한 염세적 희망으로 표현되었다고 적혀 있었는데…….

"사실 정답은, 좆 가튼 기분이었다."

작가가 해 준 말이니만큼 그보다 훨씬 더 확실한 심정 표현이 어디 있겠는가.

"그런데 이 정답은 도대체 뭐예요? 기존 질서에 대한 절망이 현 상황에 대한 염세적 희망으로 표현된다? 아니, 내가 법대를 나왔는데도 이해가 안 가는 말이네."

"나도 모르겠습니다. 우리나라 수능이 그렇잖아요."

변별력을 준답시고 간단한 말을 아주 복잡하게 비꼬아서 하는 것이 우리나라 수능의 특기다.

예를 들면 '길 건너 오른쪽으로 도시면 우체국이 있습니다.'라는 간단한 대답으로 해결할 수 있는 걸 지문은 '200미터 앞에 30미터짜리 횡단보도를 건너 우측으로 180미터를 전진하고 특정 갈색 간판을 가진 고기 전문 식당을 지나 200미터를 걸어가서 오른쪽으로 시선을 돌리면 우체국이 있습니다.'라는 식으로 쓴다.

"어떻게 보면 소위 지식인이라는 인간들이 하는 짓거리인 거죠."

진짜 애들이 풀 문제를 만드는 게 아니라 자기들 지식 자랑하고 나는 이렇게 어려운 문제를 낼 줄 안다고 주장하는 꼴이다.

"대충 표현되는 상황을 보면 그냥 막나가자 이런 것 같은 데요?"

미래가 너무나 불투명하다 보니 사람들이 미래의 큰 이익이나 꿈을 추구하는 게 아니라 그냥 큰 거 한 방 노리고 막나가는 현상.

'일본이나 한국도 비슷하지.'

일본은 그런 일의 궁극점이 바로 초식남이다.

미래에 대한 희망을 포기하고 자기 취미에서 행복을 얻는 사람들.

한국 역시 나중에 소확행이니 욜로니 하면서, 장기 불황으로 인해 미래의 불확실한 행복보다는 당장의 행복을 추구하는 성향이 커진다.

"문제 자체가 애매해요."

노형진이 보기에는 염세적 희망이니 욜로니 소확행이니 그런 개념보다는, 이 글의 주인공은 현재의 삶이 나아지는 것을 포기하고 말 그대로 그냥 닥치는 대로 사는 삶을 선택한 것이다.

"그리고 제가 이런 상황이라면 기분 더럽죠."

최저임금에 매달려서 그냥 근근이 목숨만 이어 가는 삶이니까.

"작가도 그렇게 생각했고."

"그런데 자칭 전문가는 이게 무슨 지금의 작은 희망을 잡았다고 생각하는 거예요?"

"이거 욜로만큼이나 개소리네요."

"욜로?"

"아아, 그런 게 있습니다."

아직은 욜로라는 말이 나오지 않았을 때라 노형진은 설명이 더 필요하다고 생각해서 계속 이야기를 이어 갔다.

"좋게 표현해 봐야 인생은 큰 거 한 방이라는 소리예요. 다 걸고 다 얻든가, 아니면 뒈지시든가. 인생 한 번 죽지 두 번 죽냐, 그런 개념에 가깝달까요."

"그러니까 쫄리면 뒈지시든가?"

"정확한 표현입니다. 그렇게 좋은 의미가 아니죠."

하지만 나중에 한국에서는 기업체들이 소비를 촉진시키기 위해 욜로 욜로 하면서 사람들의 소비 심리를 자극한다.

'남의 인생은 자기들이 책임 안 진다 이거지.'

당연히 이 글의 당사자의 정확한 감정을 그대로 표현한다면 미국식의 욜로가 맞다.

다 포기하고 당장 목숨만 이어 가니까.

그런 삶에 무슨 염세적 희망이라는 표현이 적용되겠는가?

그 안에 있는 건 절박함뿐이다.

성공하든가 죽든가.

"그런데 염세적 희망이라. 자칭 전문가라는 분께서 글을 제대로 안 읽으셨네요."

아니면 알은척하려고 하다 보니 너무 어렵게 해석했든가.

"중요한 건 그게 아니라 이걸 어떻게 하느냐군요."

화자의 마음을 아는 사람은 당연히 작가다.

작가는 글의 부모 같은 사람이다. 본인이 낳은 자식들 수준이 아니라 피조물인 건데 그 심리를 모를 리가 없다.

"일단 당사자분을 만나 보고 싶네요."

노형진은 머리를 긁적이며 말했다.

⚖

"그러니까 여기서 말하는 염세적 희망이니 뭐니 하는 그런 건 없었단 거죠?"

"자네 같으면 있겠나?"

나이가 지긋한 노인은 느긋하게 말하면서 소파에 기대앉았다.

"담배 좀?"

"괜찮습니다."

파이프를 꺼내서 입에 물고 불을 붙이는 노인.

"처음에는 폼으로 배웠는데 말이지, 이제는 안 하면 허전해서 말이야."

"하하하, 전형적인 작가시네요."

"그렇지? 사실은 방에 들어가면 빵떡모자도 있다네."

싱긋 웃는 서중서.

그는 몇 모금 담배를 빨더니 긴 한숨을 내쉬었다.

"뭐, 내 작품의 지문을 쓰는 거야 어쩔 수 없지. 이런 경우는 내 동의 없이도 쓸 수 있다는 걸 아니까."

"맞습니다."

사실 이런 문제에 제출하는 지문 같은 걸 모든 사람들의 허락을 받는 건 불가능하다.

그래서 법적으로 이런 경우에는 당사자의 허락이나 통지가 필요하지 않다.

'그래서 이런 문제가 생기는 거지.'

당사자가 눈 시퍼렇게 뜨고 있는데 자칭 전문가 노형진의 표현을 빌리자면 '좆문가'들이 자기 마음대로 작품을 재단한다.

"하지만 이번에는 그쪽에서 선을 넘었어. 나도 그냥은 못 넘어갈 만큼."

"이해가 안 가는데요. 물론 오류가 있기는 하지만 선을 넘었다고 표현할 정도인가요?"

"아주 중요한 부분이지. 이제는 정부에서 예술도 검열하겠다는 의미거든."

노형진은 저절로 눈이 찡그러졌다.

예술도 검열한다.

그건 절대로 쉬운 주제는 아니다.

'문학작품은 예술이야.'

당연히 예술이 가지는 가장 큰 장점은 그 작품이 작가의 감정을 전달한다는 것이다.

그런데 그걸 나중에 후세가 제대로 이해하지 못하거나 마음대로 바꾸면 문제가 된다.

가령 희대의 명작인 〈모나리자〉의 경우 지금의 미적 기준으로 보면 절대로 미녀라고 할 수는 없다.

하지만 그 당시에는 그게 미의 기준이었고, 그걸 인정하고 받아들이기에 그게 역사적 유물이 되는 것이다.

이제 와서 갑자기 〈모나리자〉는 못생긴 년이며 현대의 화풍과 맞지 않는다고 레오나르도 다빈치가 그림 더럽게 못 그린다고 주장하면 그 가치가 제대로 인정되겠는가?

'문제는 한국에서는 그런 일이 흔하게 벌어진다는 거지.'

작가의 신념이나 예술성이 아니라 자칭 전문가라는 놈들이 그 가치를 판단하고 부여한다.

"그런 경우가 제법 많나요?"

고연미는 잘 모르겠다는 듯 물었다.

그러자 서중서는 살짝 미소를 지었다.

"내가 아는 시인의 작품이 모의고사에 나온 적이 있었지."

"아, 그래요?"

"그래. 그런데 그 손녀가 자랑스러운 마음에 그 시험지를 가지고 온 모양이야. 그걸 보고 한참 웃었다고 하더군."

"어째서요?"

고연미는 고개를 갸웃했다.

자기 작품이 시험문제로 나왔는데 웃다니?

"지금이랑 비슷한 거지. '작가의 심정은?'이라는 문제였는데, 정답이 비가 온 후에 맑은 하늘을 보면 세상이 맑아지기를 원하는 마음이라고 했다나?"

"그게 웃긴 거예요?"

"그거, 똥 싸고 쓴 글이거든."

"풋!"

노형진은 하마터면 그대로 뿜을 뻔했다.

"똥이라니요?"

"한번 들어 보게."

커다란 천둥이 내리치니 하늘이 맑아지는도다
우레와 같은 소리가 모든 찌꺼기를 쓸어 가니
내 근심과 걱정 역시 사라지는구나
아해여, 비처럼 바람처럼 순리대로 살아가거라
그러다 보면 세상의 찌꺼기는 사라지고
빈자리는 새로운 물이 채워지지 않겠느냐

능숙하게 시 한 수를 읽는 서중서.

그리고 싱긋 웃었다.

"좋은 시지? 안 그래?"

"어, 좋은 시네요. 그런데 화장실에서 나온 시라고요?"

"변비였거든, 후후후."

우레와 같은 소리는 양변기의 물 내리는 소리, 찌꺼기는 똥이었고 맑은 물은 그냥 변기에 찬 새물이었던 것.

"차마 할아비가 똥 싸다 지은 시라고는 말을 못 하겠더라면서, 웃고 말았다고 하더군."

"쿨럭."

생각지도 못한 이야기였다.

"그런데 그걸 가지고 가서 자연현상이니 맑은 세상이니 온갖 미사여구는 다 붙여 줬다고 하더군."

"끄응."

"이런 걸 꿈보다 해몽이라고 하지, 후후후."

그나마 그런 경우는 나은 편이었다, 아무 의미 없는 시에 좋은 의미를 붙여 줬으니.

"하지만 제 마음대로 의미를 곡해해서 붙이는 경우도 많지."

"지금 같은 경우는 좀 그렇겠네요."

"많이 그렇지."

아예 작품의 성격을 바꾼 셈이다.

작품은 현실에 대한 비판과 청년들이 가지는 절망감에 대해 이야기하고 있는데 정작 수능 문제에서는 현재의 삶에 수긍하고 그 안에서 소소한 행복을 찾으라는 식으로 해석되어 버렸으니까.

"내가 본 청년들의 모습은 전혀 드러나지 않는 거지."

"으음, 그래서 싸우기로 하신 거군요."

"고민이 많았네. 이 나이에 소송을 한다는 건 쉬운 게 아니니까. 하지만 말이야, 이번에 제대로 고쳐 두지 않으면 나중에 세상이 어찌 바뀔지 어찌 아나?"

고개를 끄덕거리면서 말하는 서중서.

그가 내뿜은 긴 담배 연기는 마치 답답한 그의 마음처럼 주변을 맴돌았다.

"이게 고착화되면 어떻게 되겠는가?"

"무슨 뜻인지 알겠습니다."

그가 쓴 작품은 청년의 절망에 대해 이야기하고 세상을 그리 만든 기성세대와 사회를 비판하는 것이다.

하지만 해석이 기성세대의 결정을 수긍하고 받아들여 그 안에서 행복을 찾으라는 식으로 바뀌었다.

"그러면 나중에는 선생님에 대한 판단도 바뀌겠네요."

기존 질서에 수긍하고, 부패를 인정하고 용납하는 사람으로 말이다.

"그래. 사실 내 평은 중요하지 않아. 하지만 청년들에 대한 세뇌도 같이 가겠지."

"세뇌요? 무슨 말씀이죠?"

고연미는 순간 이해가 안 가는 듯한 얼굴이 되었지만 노형진은 얼굴이 딱딱해졌다.

정치적 문제가 결부된 예술.

오로지 누군가를 찬양하기 위한 예술.

"그렇게까지 될 거라 생각하십니까?"

"자네는 그렇게 생각하지 않나?"

"끄응…… 부정은 못 하겠습니다."

"저기, 제가 이해가 안 가는데요?"

고연미는 아무래도 제대로 들어야겠다는 듯 중간에 말을 끊었다.

그래야 그녀도 대비를 할 수 있으니까.

"쉽게 말해서, 작품에 대한 해석을 정권의 입맛에 맞게 함으로써 그 작품을 읽는 독자들이 결국 그 정권이 옳다고 생각하게 만드는 세뇌가 이루어진다는 거죠."

"네? 설마요."

고연미는 얼굴이 굳었다.

그게 가능할 거라고는 생각도 못 했기 때문이다.

하지만 그런 역사는 사실 엄청나게 많다.

"그런 일은 많습니다. 답을 정해 두고 틀에 짜 맞추는 거죠. 대표적인 게 2차대전 당시에 나치에 의해 벌어진 일들이었죠. 그때는 히틀러의 명령에 따라 유태인이 열등한 민족이라는 연구 결과가 나오기도 했습니다."

"하지만 여기는 한국이잖아요."

"한국이라고 별반 다르지 않습니다. 사실 그런 경우가 없는 건 아니잖습니까? 가령 알통 보수 논란이라든가."

"아……."

알통 보수 사건은 간단하다.

공식적으로 뉴스에서 알통이 굵고 두꺼우면 보수이고, 얇고 힘이 없으면 진보에 속한다는 식으로 보도한 적이 있었다.

그게 한국의 공중파에서 한 이야기였다.

"하지만 현실은 그게 아니었죠."

정식 연구가 존재하는 건 맞는데, 그건 보수와 진보의 문제와 관련 있는 것이 아니라 알통이 굵은 사람일수록 자신의 이익 수호에 더욱 적극적인 면이 있다는 연구였다.

즉, 자신의 방어에 관한 연구였지 정치적 부분과는 전혀 관련이 없었다.

"하지만 한국 언론은 아주 대놓고 조작을 했지요. 연구 결과가 명백하게 알려진 논문조차 그렇게 조작을 하는데, 하물며 문학에 조작을 안 할까요?"

"그렇겠네요."

"이번 작품이 그런 문제입니다."

편협하게 해석해서, 현재 규칙에 수긍하는 것이 답인 것처럼 결론 내 버렸다.

그렇다면 다음번에 배울 아이들은 그렇게 배울 테고 그게 올바른 삶이라고 생각할 것이다.

"장기적으로는 아이들의 저항 정신을 꺾을 수 있겠지요."

"그렇게 치밀하게……."

"이건 단순히 개인의 문제는 아닐 겁니다."

사실 노형진도 이상하다고 생각은 하고 있었다.

작품을 제대로 봤다면 이런 해석이 나올 수가 없다.

'그런데 지문도 묘하게 짜깁기하고 내용도 묘하게 정리하고.'

그런 식으로 작품의 내용을 변질시켜서 수능에 제출했다.

그러고는 그에 대한 답은 현 체제에 대한 수긍이라고 못 박아 버렸다.

물론 원본을 본 사람이라면 그렇게 생각하지는 않을 것이다.

하지만 수능을 보기 위해 공부하는 학생들이 원본을 보는 경우는 극히 드물다.

결국 대부분의 사람들은 진짜 내용이 아니라 수능에 나온 내용을 정답으로 기억할 것이다.

"그리고 답은 정반대고."

확실히 정치적 목적이 느껴지는 부분이다.

'생각해 보면 이상하기는 하지.'

문제를 내는 사람들은 몇 달 전부터 갇혀서 그 문제 하나에만 매달린다.

수능이 끝날 때까지 나오지도 못하고 전화도 못 한다.

거기에다 그곳에는 문제를 내는 사람만 갇혀 있는 게 아니다.

그 문제를 검수하는 사람들도 존재한다.

문제를 몇 번씩이나 읽으면서 그 문제에 별 이상이 없는지 확인하는 것이다.

그 검수 자체도 한 명이 아니라 수십 명이 달라붙어서 한다.

보안도 삼엄해서, 누가 아파서 의사가 왕진하러 가면 그 의사도 그 숙소에서 나오지 못하는 것이 지금 수능 시험문제 출제 때 벌어지는 모습이다.

"그중 단 한 명이라도 제대로 그 작품을 읽었다면 이런 해석은 나올 수가 없습니다. 아니, 문제를 내는 방식을 생각하면 분명 원본을 주고 읽도록 했을 겁니다. 그들이 이 문장들을 인터넷에서 긁어 오지는 않았을 테니까요."

그런데도 해석이 이상하다.

"정치적 목적이 있다고 생각하네."

그냥 가벼운 문제 오류 사건이라고 생각하며 접근했던 노형진은 아차 싶었다.

생각보다 큰 사건이었다.

"문학은 예술이고, 내 마음과 지금의 현실을 담는 거네. 그런데 그걸 정부 마음대로 해석할 수 있다면 예술과 문학이라는 것은 의미가 없겠지."

서중서는 웃으며 말하고 있지만 그 결심은 강해 보였다.

노형진은 그런 그를 보면서 긴 한숨을 쉬었다.

"서 작가님은 그러면 이걸 고치고 싶으신 겁니까?"

"그래, 그러고 싶네."

"하지만 그런 경우 어떤 불이익이 올지 아십니까?"

"블랙리스트 말인가? 허허허."

서중서는 안다는 듯 말했다.

"알고 계셨습니까?"

"모르면 바보 아닌가? 이미 파다하게 소문이 났는데."

현 정부가 문화계 블랙리스트를 만들어서 문화계 인사들을 관리하고 있다는 소문이 났다.

'대통령이 바뀌어서 더 이상 안 벌어질 줄 알았는데.'

그럼에도 벌어진 블랙리스트.

심지어 회귀 전보다 더 대놓고 벌어지고 있다.

'결국 이걸 계획한 건 당 차원이라는 거군.'

그렇지 않다면 이번 일은 벌어지지 않았어야 한다.

하지만 벌어졌으니, 그건 대통령 개인의 판단은 아니었다는 뜻이다.

'도리어 더 적극적으로 벌어지고 있어.'

어찌 보면 당연하다.

프락치 대통령, 스파이 대통령.

하나같이 현 대통령을 비꼬는 말이다.

그런 타이틀이 있으니까.

당연히 문학계에서는 그걸 비꼬았고, 정부는 그걸 막으려고 했다.

실제로 인터넷은 이미 극심한 통제 상태다.

누구나 다 현 대통령이 프락치 출신인 걸 알고 있는데 관련 검색어 중에는 해당 명칭이 전혀 없다.

나오는 것은 오로지 현 대통령의, 헛소리에 가까운 치적에 대해서뿐이다.

'조금 있으면 북한에 있는 누구처럼 솔방울로 수류탄이라도 만들 기세라니까.'

노형진은 속으로 피식 웃었다가 머리를 흔들었다. 비웃는 건 혼자 할 수 있지만 지금은 그런 문제가 아니니까.

"자네는 문학이 뭐라고 생각하나?"

"네? 글쎄요?"

노형진이 분명 문과이기는 하지만 감수성과는 그다지 관련이 없는 삶을 살아왔다.

그러니 문학이라는 것에 대한 철학적 정의 같은 건 전혀 몰랐다.

"누군가는 계몽이라고 하고 누군가는 즐거움이라고 하지."

서중서는 차분하게 말했다.

좀 전까지의 장난기 넘치는 모습은 더 이상 없었다.

"나는 역사라고 생각하네."

"역사요?"

"그래. 누군가는 문학을 이용해서 국민을 계몽하려고 하지. 하지만 그 계몽하려는 작가가 잘못된 사상을 가지고 있다면?"

"으음……."

"즐거움이라는 것도 좋은 대답이야. 하지만 언제나 즐겁기만 한 허상을 보여 준다면 방송 예능 작가가 더 나은 선택이겠지. 물론 그들이 나쁘다는 건 아니야. 각자 자신의 문학의 목표가 다른 것뿐이지."

"그러면 서 작가님은?"

"나는 지금의 삶을 다른 누군가를 통해 후대에 전하고 싶었네."

주인공이라는 소시민. 이 시대의 표상이자 가장 흔한 인간 군상을 통해 지금의 현실을 후대에 전하고 더 이상 같은 고통이 없기를 바라는 것이 서중서의 문학적 사상이었다.

"그런데 현 정부는 그걸 부숴 버렸지."

"무슨 뜻인지 알겠습니다."

작가들에게 있어서 가장 중요한 것은 문학적 사상이다.

그 문학적 사상을 꺾으니 차라리 절필을 하는 게 작가들이다.

"문학이 언제 제대로 대우받긴 했나?"

싱긋 웃는 서중서.

노형진은 그런 그의 말에 고개를 끄덕거렸다.

한국에서 작가 하면 굶어 죽는다는 말은 괜히 생긴 게 아니다.

한국은 예술계를 무시하는 풍토가 강하다.

그래서 예술을 하는 이들 중에는 진짜 예술에 재능이 있는 사람보다는 예술 활동에 돈을 쓰고도 버틸 수 있는 사람들이 많다.

예술을 한다는 것 자체가 어마어마하게 돈이 들어가는 일이니까.

"그러면 진행은 하겠습니다. 하지만 방법은 저에게 맡겨 주십시오."

"그거야 당연하지. 내가 법률 전문가는 아니지 않나?"

호탕하게 웃는 서중서.

노형진은 그런 그를 보면서 미소를 지었다.

⚖

"고소 당사자를 서중서 작가님으로 하지 않겠다고요?"

고연미는 노형진의 계획에 깜짝 놀랐다.

"하지만 그게 가능해요? 애초에 서중서 작가님의 의견에 반해서 만든 문제라는 게 쟁점인데요."

"압니다. 하지만 고소를 넣었을 때 서중서 작가님이 어떤 꼴을 당할지 아시지 않습니까?"

"그건 그런데……."

"그리고 작가가 평론가를 고소했을 때 법원이 어느 쪽 편을 들어 주던가요?"

"아……."

고연미는 고개를 끄덕거렸다.

지금까지 작가와 평론가의 싸움이 없는 것은 아니었다.

하지만 대부분의 경우 판사들은 평론가들의 편을 들어 줬다.

"하긴, 전에도 그랬지요."

과거에 노형진이 담당했던 사건 중에 그림의 위작 사건이 있었다.

그 당시 평론가들은, 당사자가 내가 그린 그림이 아니라고 주장하는데도 불구하고 그건 당신 그림이라고 우겼고 심지어 판사까지 그런 말도 안 되는 주장을 인정했다.

"결과적으로 우리 쪽에서 공격해 봐야 평론가들이 아니라고 하면 유리한 건 그들이거든요."

"흠……."

"더군다나 문학에 대한 해석은 더 복잡하니까요."

그림이야 화풍이니 기법이니 페인트의 연도니, 하여간 진실을 규명할 수 있는 여러 가지 방법이 있다.

"하지만 문학작품에 대한 해석은 백 명이면 백 명 다 다르다고 주장해도 방법이 없지요."

정형화된 것이 없으니까.

"서중서 작가님이 말씀하신 양변기 시에 대한 해석도 마찬가지죠."

"양변기 시에 대한 해석이라……. 무슨 뜻인지 알겠네요."

양변기 시는 시인이 장난삼아 쓴 시였다.

하지만 해석이 많아지면서 졸지에 모의고사에 실릴 정도로 유명한 시가 된 것이다.

"만일 해석한다고 해도 결국 작가님의 의견이 들어갈 가능성은 낮지요. 보는 사람마다 다른 문제이니까."

"하지만 당사자가 아니면 그걸 누가 소송을 걸어요?"

고연미는 고개를 갸웃했다.

당사자가 고소하는 게 아니라면 그걸 고칠 수 있게 고소할 수 있는 사람이 누가 있단 말인가?

"이미 모여 있습니다."

"모여 있다고요?"

"이 문제가 나온 곳이 어디죠?"

"그거야 수능이죠. 수능 출제 문제잖아요? 아하! 수능을 본 사람들!"

수능을 본 사람들.

그들의 미래는 점수에 달렸다.

단 1점 차이, 아니 0.1점 차이에도 그들의 등급이 갈리고 그들의 미래도 갈린다.

"그런데 이 문제의 배점은 무려 3점이죠."

3점짜리 문제. 학생들에게는 진짜 미래를 바꿀 수 있는 문제인 셈.

"그리고 매년 수능이 끝나면 이의신청이 넘쳐 나죠."

"무슨 뜻인지 알겠네요."

문제가 이상하면 정부에 그 문제에 대한 이의신청을 한다.

하지만 그게 받아들여지는 경우는 드물다.

"이미 작년에 시험 본 사람들 중에서 그 문제가 이상하다고 생각하는 사람들은 넘쳐 날 겁니다."

"하긴, 서중서 작가님의 작품은 유명하니까요."

대부분의 학생들이 시험 대비 축약본을 본다지만 대부분이 본다는 것이 전부 다 본다는 의미는 아니다.

"그리고 축약본에는 정치적 부분이 없거든요."

무슨 소리냐면, 축약본이라고 할지라도 그 작품을 해석하는 데 있어서 괴상한 정치적 논리를 들이미는 게 아니라 진짜로 그 작품의 내용을 기준으로 분석한다는 뜻이다.

"수험생들이 소송하게 하겠다는 거군요."

"네."

노형진은 고개를 끄덕거렸다.

고연미는 얼굴이 사색이 되었다.

"그러면 무슨 일이 벌어질지 알기나 하세요?"

"압니다. 그래서 수험생을 이용하려는 겁니다."

이 문제를 가지고 수험생이 소송을 걸면 당연히 수능 점수는 바뀐다.

그러면 그 점수로 갈 수 있는 대학이 바뀔 테니, 그걸 본 다른 수험생들도 그 문제로 소송을 걸 것이다.

"그러면 대학은 미치겠죠."

기존 점수대로 받아들이자니, 문제 오류가 분명 존재하니 그걸 넘길 수는 없다.

그렇다고 기존에 입학했던 사람들을 자르자니, 그들이 입학 취소를 당하고 가만있을까?

"절대 가만있지 않겠죠."

이 사건 하나로 전국에서 최소한 1만 개 이상의 소송이 연달아 터질 것이다.

"그런데 그걸 제가 신경 써야 할 이유가 있나요?"

노형진이 어깨를 으쓱하면서 말하자 고연미는 입맛을 다셨다.

"하긴, 그건 맞는 말이네요."

노형진이 곡해한 것도, 그 문제를 만든 것도 아니다.

사실 엄밀하게 생각하면 그 문제를 곡해해서 풀어내는 바람에 진짜 대학에 가야 했던 사람이 못 간 셈이니까 도리어 소송이 많아진다는 것은 자기 자리를 찾아간다는 의미가 된다.

"그러면 그 사람들과 한번 이야기를 해 볼까요?"

노형진은 살짝 미소를 지으며 웃었다.

⚖️

수능 문제 이의신청을 하는 사람들은 예상대로 인터넷에서 모여서 활동하고 있었다.

그리고 노형진의 예상대로 그 숫자는 적지 않았다.

'여든아홉 명이라……. 확실히 다른 문제들보다 많네.'

다른 문제들은 이의신청자가 많아 봐야 서른 명에서 마흔 명 정도이지만, 이 문제는 무려 아흔 명 가까운 사람들이 이의를 신청한 것이다.

그러나 노형진은 이렇게 될 거라고 예상하고 있었기에 감흥 없는 얼굴이었다.

"소송을 하자고요?"

해당 카페의 운영자는 약간 떨떠름한 표정으로 말했다.

"네. 이 문제는 이의신청을 해도 별 효과 없는 거 아시죠?"

"아니, 그건 그런데요. 소송비가 부족해서요."

이런 문제들이 대부분 소송까지 가지 않고 이의신청으로 끝나는 이유는 간단하다.

첫 번째가 소송비다.

물론 소송비야 피해자들이 나눠서 낸다고 하면 문제 될 것은 없지만…….

"반드시 이긴다고 확신할 수도 없구요."

그렇다. 언어영역 문제는 애매하다.

수학이나 영어처럼 답이 정해져 있는 게 아닌 '화자의 심정'이라는 애매한 문제는 코에 걸면 코걸이, 귀에 걸면 귀걸이 같은 느낌이라 이기는 게 쉽지 않다.

"압니다. 사실 이런 문제는 소송을 해도 재판부가 문제 제

작자들 편을 들어 주는 편이지요."

"잘 아시네요."

그럴 수밖에 없는 게, 그 문제 하나가 틀렸다고 하면 엄청 난 사회적 혼란이 올 수밖에 없다.

그래서 대부분의 경우 판사들은 평론가들과 문제 제출자 들 편을 들어 준다.

"그 애매함이 중요한 겁니다."

"네?"

"애매할 경우 그 작자의 심정을 가장 잘 아는 것은 누구일 까요?"

"글쎄요?"

"당연히 작자, 아니 작가지요."

"그건 그런데, 아시다시피 그런 분들은 이런 소송을 싫어 해서……."

노형진은 이쯤에서 떡밥을 던졌다.

"제가 그분과 개인적으로 알고 지냅니다."

"네?"

"적절한 보수만 주신다면 그분을 설득해 보지요."

"적절한 보수……."

"새론은 집단소송을 전문으로 하지요."

남자는 고개를 번쩍 들었다.

그건 그도 알고 있는 사실이었기 때문이다.

"지금 여기에 있는 분들만 여든아홉 명입니다. 이분들이 20만 원씩만 내도 소송비는 충분하죠."

간단하게 잡아도 1,700만 원이 넘는 돈이다.

"거기에다 소송이 진행되면 추가로 합류하는 사람들도 있을 테고요."

그러면 새론에서는 충분한 수임료를 받아 챙길 수 있다.

"이런 게 집단소송이군요."

"네. 집단소송은 이미 모든 준비를 해 두고 상대방을 설득하는 게 보통이죠."

그냥 피해자들을 찾아가서 '이길 수 있습니다.' 하고 설득하고 증거를 모으는 것은 집단소송이 아니다.

미리 알아서 증거를 준비하고 그걸 가지고 설득하는 게 집단소송이다.

법률계에서는 그런 걸 기획 소송이라고 한다.

'뭐, 변호사들 대부분은 그런 기획 소송을 무시하지만.'

하지만 기획 소송은 확실하게 돈이 되기에 일부지만 분명 이루어지고 있는 소송이다.

'다만 돈이 이런 기획 소송의 문제점이지.'

대부분의 기획 소송은 증거를 모아 두고 상대방을 설득한다.

그리고 소송을 진행하는데, 그럴 때 피해자는 어쩔 수 없이 기획 소송을 준비한 변호사에게 사건을 맡길 수밖에 없다.

이미 증거를 모아서 상대방을 설득할 단계가 되면 질이 안 좋은 변호사들은 그 사실을 흘려서 가해자가 관련 증거를 삭제하도록 할 수 있기 때문이다.

설사 그렇게 하지 않는다고 해도 피해자들이 모여서 변호사를 찾기 시작하는 순간 가해자가 모든 증거를 없애기에, 기획 소송을 하는 변호사들이 좀 과하게 요구를 한다고 해도 대부분의 사람들은 어쩔 수 없이 그들의 요구에 따라 소송을 의뢰하는 수밖에 없다.

증거가 다 그들에게 있으니까.

그럴 때 변호사들은 단순히 소송비용만 받아 내는 게 아니라 승리할 경우 승소 비용을 작게는 총금액의 30%, 심한 경우는 절반 이상을 요구하기도 한다.

진짜 독한 곳은 70%까지 요구하기도 하고 말이다.

"하지만 저희는 그럴 이유가 없지요. 애초에 사건 자체가 그럴 수가 없어요."

"그…… 그건 그러네요."

그런 식으로 계약이 진행되기에, 기획 소송을 하는 로펌이나 변호사는 철저하게 돈이 되는 소송만 진행한다.

'하지만 이건 돈이 되는 소송이 아니지.'

그러니 다른 곳에서 하겠다는 사람이 없었던 것이다.

"으음……."

운영자는 떨떠름한 표정이 되었다.

"물론 불편할 수도 있습니다. 하지만 포기할 수는 없지 않습니까?"

"그건 그런데요, 하아."

사실 운영자는 벌써 삼수를 한 삼수생이다.

목표인 한국대에 가기 위해 삼수를 했는데 이번에는 단 0.1점 차로 한국대에 가지 못했다.

그런데 그가 틀린 문제가 바로 이 문제다.

'애초에 정답이 없는 문제지.'

진짜 정답을 넣으면 많은 사람들이 그걸 고를 테니 정부 입장에서는 그걸 틀렸다고 말하기 힘들다.

그래서 쓴 방법이, 네 개의 예시 중에 답이 없다는 것이다.

그리고 그중 자기 입맛에 맞는 선택을 한 사람들에게 점수를 준 것.

그러니 수험생 입장에서는 미치고 환장할 노릇이다.

"물론 그 비용은 더 떨어질 겁니다."

"더 떨어질 거라고요?"

"본격적으로 소송하게 되면 피해자들이 더 모일 거라고 말씀드렸잖습니까."

그러면 당연히 소송비용은 더 떨어질 것이다.

"저희가 요구하는 건 1억입니다. 그걸 많은 사람들이 나눌수록 당연히 소송비는 더 떨어질 테지요."

"1억요?"

운영자는 깜짝 놀랐다.

1억. 어마어마한 돈이다.

그걸 이쪽에서 내는 것은 절대 불가능하다.

"물론 여러분이 전액 낸다고 하면 힘든 돈이겠지요. 하지만 방법이 없는 것은 아닙니다."

작은 돈이 아니기는 하지만 제대로 홍보해서 사람을 모은다면 한 사람당 그 지급액은 아주 낮아진다.

당장 천 명만 모여도 한 사람당 10만 원 정도이고, 수험생의 수는 수십만 명이다.

"만일 모인 사람이 최종적으로 오백 명 이하면 저희는 무조건 포기하겠습니다. 어떠한 비용 요구도 없이요."

노형진은 슬쩍 당근을 던졌다.

모인 사람이 오백 명이라고 하면 한 명당 20만 원선이고, 부담을 크게 느낄 정도의 금액은 아니다.

운영자는 마음을 강하게 먹었다.

"하겠습니다!"

그는 마음을 독하게 먹고 고개를 끄덕거렸다.

벌써 삼수. 내년에 사수를 할 생각은 없었기에 이미 다른 학교에 다니고 있지만 어쩌면 한국대생이라는 타이틀을 손에 넣을 수 있을지도 모른다는 생각이 든 것이다.

"잘 생각하셨습니다."

노형진은 그런 그를 보면서 미소 지었다.

"기획 소송이라니요. 그건 생각도 못 했네요."

고연미의 말에 노형진이 어깨를 으쓱했다.

"우리는 의뢰인을 위해 최선을 다해야지요."

"그건 그런데요, 이게 왜 의뢰인을 위한 건가요?"

"간단합니다. 정부의 원한 대상을 우리로 고정하는 거죠."

만일 서중서의 이름으로 소송을 하게 되면 서중서가 그들의 블랙리스트에 올라가는 것은 기본이고 서중서를 말려 죽이기 위해 그들이 무슨 짓을 할지 모른다.

"하지만 서중서가 아닌 우리가 당사자라면 어떻게 될까요?"

기획 소송을 한 것은 새론이고 피해자들을 모은 것도 새론이다.

심지어 서중서를 불러 온 것도 새론이다.

"우리를 미워하겠네요."

"네, 맞습니다. 우리를 미워하겠지요. 그런데 우리가 손해볼 게 있나요?"

"아니요. 없네요."

고연미는 고개를 흔들었다.

어차피 새론은 현 정부에 찍혀 있는 대상이다.

그러니 그들이 이제 와서 새론을 미워한다고 한들 바뀌는 것은 없다.

"그러면 우리는 의뢰인을 보호하면서 우리의 목적을 이룰 수 있습니다."

정부의 입장에서 그는 노형진과 새론 때문에 어쩔 수 없이 법원으로 나온 거니까.

"치밀하시네요."

"어쩔 수 없지요. 국가의 보복을 버틸 수 있는 사람이 얼마나 되겠습니까?"

"하긴, 그래요."

고개를 끄덕거리는 고연미.

"이제 다음 단계를 준비해야겠네요."

"다음 단계요? 이미 모든 준비가 끝나지 않았나요?"

고연미는 노형진의 말에 고개를 갸웃했다.

"아니요. 하나 남았습니다."

"뭐죠?"

노형진은 웃으며 말했다.

"선전포고를 해야지요, 후후후."

답은 틀렸다

  노형진이 말한 선전포고.

  그건 다름 아닌 일간지에 소송 관련 대상자를 모집한다는 광고를 낸 것이다.

  첫 번째 목적은 새론에 정부의 어그로가 쏠리게 만드는 것이었고, 두 번째는 진짜로 소송을 하려고 하는 사람들을 모으는 것이었다.

  "잠시만요, 지금 소송 당사자가 너무 많아서요. 상담 시간은 일주일 후에나……."

  "전화 접수는 안 됩니다. 오셔서 설명 듣고 도장 찍으셔야 해요."

  "돈은 그다지 안 드는데요. 100만 원요? 인터넷에 그런 헛

소문이 돈다고요?"

새론은 어느 때보다 바빴다.

생각보다 하고자 하는 사람들이 너무 많았기 때문이다.

"뭐가 이렇게 사람이 많죠?"

고연미는 고개를 갸웃했다.

광고를 낸다고 해도 이 정도로 몰릴 줄은 몰랐기 때문이다.

"지금까지 문제에 대한 소송이 아예 없었던 건 아니잖아요."

"그건 그렇지요."

노형진은 고개를 끄덕거렸다.

그녀의 말대로 지금까지 문제의 이의 제기를 넘어서 소송까지 갔던 일이 아예 없었던 것은 아니다.

"그런데 왜 이번에만 이렇게 몰리는지 모르겠네요."

"대부분의 소송은 궁극적인 부분을 빼먹었거든요."

"궁극적인 부분요?"

"네. 문제가 틀려서 소송했겠습니까?"

문제 하나 오류 난 거?

사실 제삼자 입장에서는 별문제가 안 된다.

하지만 수험생 입장에서는 문제가 된다.

그건 다름 아닌 대학 입학 때문이다.

"지금까지 그런 소송은 문제의 오류를 따지는 거지 대학의 입학을 따지는 건 아니었거든요. 하지만 우리는 다릅니다. 재판이 끝나고 나면 학교에 입학 소송까지 같이 해 준다고 했으니까요."

"아아."

결과적으로 그렇게 소송까지 불사하는 사람들의 목적은 상위 학교의 입학.

"어차피 누군가는 해야 하는 소송이죠."

그런데 새론은 관련 증거를 가지고 있고 그 소송을 따로 해 준다고 했다.

물론 그건 별개의 사건이기에 따로 돈을 내야 하지만, 새론은 소송료가 싸기로 소문이 난 곳이다.

쉽게 말해서 가성비가 최고인 로펌인 것이다.

"그러니까 우리에게 그 소송을 맡기기 위해서라도 의뢰를 하겠군요."

"네. 우리는 손해 보는 게 없죠."

해당 지역에 변호사를 파견해서 아예 상주시키면서 일하면 된다.

아니면 법무 법인 하늘과 제휴해도 되고.

"결과적으로 발등에 불이 떨어진 건 정부와 대학이죠."

그들 입장에서는 생각지도 못한 소송으로 인해 대혼란을 겪을 수밖에 없을 테니까.

"소송 당사자는 천 명은 충분히 넘을 것 같네요."

모집을 시작한 지 고작 사흘밖에 안 지났다.

그런데 벌써 팔백 명을 훌쩍 넘는 상황.

소문이 퍼지기 시작하면서 집단소송을 하려고 하는 사람들이 더 많아지고 있었다.

"과연 정부 입장에서는 뭐라고 할지 두고 보자고요, 후후후."

"뭐라고?"

교육부 장관 추명진은 어이가 없는 보고에 머리가 띵해졌다.

"조만간 그 문제에 대한 소송을 건답니다."

"그걸 왜 이제야 말하는 겁니까? 네? 소송 인원을 모으기 시작한 지 사흘이나 지났다면서요?"

"그게, 그냥 이의신청이나 하고 끝날 줄 알았습니다."

하지만 알고 보니 정식 소송이었다.

"끄응…… 그 문제에 대해 전문가 의견은 어떻습니까?"

"일단 그 문제에 대한 정답을 논하자면 화자의 심정과 현세태를……."

"말장난하지 마세요. 여기가 청와대입니까?"

다들 꿀 먹은 벙어리가 되었다.

오더가 떨어져서 문제를 이상하게 낸 것은 다 아는 사실이다.

그렇다 보니 최대한 청와대의 기준에 맞춰야 했다.

"여기 청와대 인사 없어요. 제대로 말해요."

"그게, 전문가들의 의견에 따르면 저쪽이 이길 가능성은 그다지 높지 않답니다."

"당연하겠지요."

교육부 장관은 긴 한숨을 내쉬었다.

그 작품은 그도 안다.

그리고 그가 봐도 괴상하게 해석한 것이 맞았다.

"하지만 그걸 인정할 수는 없지 않습니까?"

"그건 그렇지요."

"그 사건 접수 예상 지역이 어디입니까?"

"접수 예상 지역은 서울 중앙입니다."

이런 사건은 대정부를 기준으로 소송이 들어간다.

당연하게도 이런 사건의 관할은 대부분 서울 중앙이 기준이 된다.

교육부의 관할이 서울 중앙이니까.

"그쪽 판사들에게 이야기해 놔요."

"장관님, 이야기한다고 해도 판사들이 들어줄까요?"

"그들도 정치적 부담을 알면서 그렇게 판결을 내리지는 않을 겁니다."

서울 중앙에 발령받는 판사들은 기본적으로 승진 코스를 밟고 있는 사람들이다.

당연히 친정부적인 이들이다.

그런 사람들이 갑자기 반정부적인 판결을 내리면 그들의 커리어는 끝장이기에, 이런 문제는 그들이 알아서 정리해 준다.

"하지만 좀 시끄러울 텐데요."

"좀 시끄러운 게 낫지, 그럼 질 겁니까? 그 이후에 무슨 일이 벌어질지 몰라서 그래요?"

교육부 장관의 질타에 관련자들은 고개를 숙였다.

"어차피 국민들은 개돼지예요. 우리나라는 냄비 근성이 있습니다. 얼마 지나지 않아서 다 잊어버릴 테니까 걱정하지 마세요."

"알겠습니다."

"그리고 중앙 지법원장하고 식사 자리 하나 만들어 보고요."

그는 그렇게 말하면서 머리를 흔들었다.

"망할 새론, 그 꼴통 새끼들."

하지만 그들이 새론에 할 수 있는 것은 하나도 없었다.

"룰루."

노형진은 차량을 몰고 가고 있었다.

그리고 고연미는 옆 좌석에서 뒤에 따라오는 차들을 바라보았다.

"진짜 이대로 하시려고요?"

"네, 왜요? 문제 될 게 있나요?"

"아니, 그건 아닌데요. 왜 하필 강원도예요?"

지금 그들이 달리고 있는 곳은 다름 아닌 강원도다.

노형진은 모든 소송 준비를 마치고 뜬금없이 강원도를 소송 장소로 정한 것이다.

"그냥 서울에 넣으면 되는 거 아닌가요?"

"그럴 수도 있죠."

노형진은 우회전을 하면서 힐끔 백미러를 바라보았다.

자신들을 따라오는 차들과 그 뒤의 방송국 차들.

이미 그쪽에는 이야기해 놨으니까.

"그런데, 그러면 이길 것 같나요?"

"그건……."

고연미도 짧은 시간 변호사 노릇을 한 게 아니다.

그 안이 얼마나 더러운지 누구보다 잘 안다.

"이런 정치적 부담이 큰 사건들은 절대로 중앙의 판사들이 우리에게 유리하게 해 주지 않습니다."

노형진은 느긋하게 말했다.

"하지만 대부분 그걸 모르고 퍼포먼스를 한답시고 소장 들고 촬영해 가면서 서울 중앙 지법으로 들어가죠."

하지만 그런 경우 대부분 답은 정해져 있다.

그럴 수밖에 없다.

서울 중앙 지법이나 기타 법원은 쉽게 말해서 엘리트들이 가는 하이 커리어 코스다.

"우리도 거기에 소송을 넣으면 퍼포먼스야 멋있게 할 수 있을 겁니다. 하지만 무슨 의미가 있죠?"

퍼포먼스를 잘한다고 해서 소송에 이길 수 있는 것도 아니고 말이다.

"결국 우리가 해야 하는 건 이기는 겁니다. 그리고 그걸 하기 위해 제가 강원도로 온 겁니다."

"왜요?"

"강원도에 발령받은 사람들은 하이 커리어가 아니거든요."

상대적으로 서울의 커리어에 밀린 자들, 쉽게 말해서 좌천된 자들이 지방 도시로 가는 거다.

"거기에다 제가 가는 곳은 그냥 지방법원도 아닌 하위 법원이죠."

재판정이라고 해도 다 같은 등급이 아니다.

예를 들면 무슨 학교가 있고 분교가 있는 그런 것과 같다.

가장 상위 등급이 어디 어디 법원이라고 하는 것이다.

가령 강원도 같으면 춘천 지방법원이 가장 상위인 셈이다.

그리고 그 아래가 춘천 지방법원 무슨 지원이 있다.

즉, 일종의 파견 같은 느낌인 셈이다.

중앙에서 일을 다 못 하니 다른 곳으로 파견 보내는 느낌이랄까?

그리고 그 아래에 다시 법원이 하나 더 있다.

그중 하나가 현재 노형진이 가는 곳인 강원도 춘천 지방법원 속초 지원 고성군 법원이다.

이것이 법이다

지원도 아닌, 지원에서 다시 한번 파견 나간 곳이랄까?

"그게 무슨 의미인지 아시죠?"

"알죠."

고연미는 고개를 끄덕거렸다.

그곳에 파견된 판사들은 대부분 백도, 힘도 없는 이들이다.

아니면 소위 말하는 꼴통들, 그러니까 현 정권에 반기를 드는 사람들이다.

"쉽게 말해서 너 나가라는 거죠."

지원만 가도 커리어는 끝장났다고 징징거리는 게 판사들이다.

그런데 그 이하 법원에 가라는 건, 쉽게 말해서 판사에게 '너는 퇴출 대상이다. 그러니까 알아서 기어 나가라.'라고 하는 것이나 마찬가지.

"그러니 정부의 입김에 영향을 덜 받지요."

아니, 도리어 정부가 더 불리해진다.

그곳의 판사들은 정부에 그리 좋은 감정을 가지고 있지 않으니까.

"그래서 집단소송이라는 게 중요한 거죠, 후후후."

대부분 퍼포먼스를 하면서 중앙 지법으로 가지만 노형진은 그럴 생각이 없었다.

재판의 장소는 세 곳 중 한 곳을 정할 수 있다.

사건의 발생 장소와 피고, 또는 원고의 주소.

"그리고 우리에게는 천 명이 넘는 의뢰인이 있죠."

당연히 그중 한 명의 주소지를 소송 당사자로 고를 수 있는데, 그곳이 바로 춘천 지방법원 속초 지원 고성군 법원이다.

"아마 교육부는 당황해서 말도 안 나올걸요."

"이런 미친."

교육부 장관은 입을 쩍 벌렸다.

당연히 서울 중앙으로 들어올 거라 생각해서 그쪽에 가서 알랑방귀 뀌며 잔뜩 먹여 놨는데 뜬금없이 강원도라니.

"이거 어떻게 된 거야? 어? 강원도라니? 도대체 왜 강원도로 간 거야?"

"그게…… 저희도 잘…….''

부하들도 당황해서 어쩔 줄 몰라 했다.

그들은 당연히 서울이 중심이 될 거라 생각했기 때문이다.

당장 재판을 하기 위해 노형진이 매번 강원도로 가는 것도 힘든 일 아닌가? 그런데 강원도라니.

"새론 이 새끼들, 대체 무슨 짓을 하는 거야?"

소송을 건 것도 당황스러운데 강원도까지 내려간 그들의 행동에 교육부 장관은 머리를 절레절레 흔들었다.

"그거 사건 담당 누구야?"

"주아서 판사입니다."

"주아서? 계집이야?"

"네."

"전화해서 그 사건에 관해서 협조 요청해."

부하들은 곤란한 표정이 되었다.

"그게 말입니다."

"또 뭐야?"

"그 주아서 판사, 원래 서울 동부에 있던 사람입니다."

"뭐?"

서울 동부에 있다가 지원까지 내려가는 경우는 별로 없다.

그 말을 들은 교육부 장관은 왠지 등골이 오싹해졌다.

"아니, 왜?"

"전에 국회의원 재판 하나를 담당했는데……."

"국회의원 재판?"

"네, 집권당 국회의원이 3선 의원이었는데 선거법 위반으로 징역 1년 때렸습니다."

"이런 미친 새끼. 아니, 미친년이네, 미친년!"

선거법 위반은 벌금 300만 원 이상이면 무조건 당선무효다.

그래서 알음알음 무조건 벌금 300만 원 이하가 규칙이다.

특히나 집권당이라면 어지간하면 봐준다.

심지어 3선이란다. 당에서도 실세에 들어가는 시점이다.

"그런데 징역 1년을 때렸다고?"

"네."

다행인지 불행인지 그 이후 항소심에서 벌금 200만까지 떨어진 국회의원이 당연히 지랄 지랄을 해서, 법원에서 그녀를 그곳까지 좌천시킨 거다.

"그년 완전 꼴통입니다. 상급자의 말을 안 듣는 걸로 유명합니다."

"염병……."

교육부 장관의 얼굴은 잔뜩 찡그러지기 시작했다.

"친애하는 재판장님, 이 사건의 핵심은 과연 화자의 심정이 어떤 것이었느냐에 관한 내용입니다."

마침내 시작된 재판. 사람들은 잔뜩 기대하고 재판에 관심을 가졌다.

그럼에도 불구하고 재판관인 주아서는 시큰둥했다.

아니, 어느 쪽도 상관없다는 얼굴이었다.

"원고 측 변호인, 변론 취지는 이미 읽어 봤습니다. 하지만 이게 어째서 틀렸다는 건지 정확하게 다시 한번 설명해 주시기 바랍니다."

'역시 깐깐하네.'

주아서는 커리어에 신경 쓰지 않는 판사로 유명하다.

잘못된 건 잘못된 거라고 생각하는 타입인지라 위에서 뭐라고 하든 신경도 안 쓰는 사람이다.

'그리고 우리 새론에서 데리고 오고 싶은 판사이기도 하지.'

물론 그건 아직 먼 미래의 일이다.

아직은 판사를 그만두고 싶어 하지 않으니까.

"재판장님, 화자의 심정이라는 것은 구체화된 무언가가 아닙니다. 그 작품을 읽은 독자나 평론가의 상황이나 사상에 따라 부정확한 특성을 가질 수밖에 없습니다."

피고 측인 교육부 담당 변호사는 노형진의 말에 반박했다.

하지만 대답은 다른 곳에서 나왔다.

"피고 측 변호인, 지금 질문을 원고 측 변호인에게 했습니다. 끼어들지 마세요."

"네?"

"질문을 원고 측 변호인에게 했다고 했습니다. 지금은 원고 측 발언 시간입니다. 추후에 발언하세요."

그녀의 칼 같은 자름에 피고 측 변호사는 벙 찐 표정이 되었다.

노형진은 그런 그를 보면서 속으로 키득거렸다.

'그래, 이런 경우는 처음이겠지.'

판사가 이렇게 칼같이 구는 건 처음일 것이다.

그동안은 대형 로펌의 후광을 등 뒤에 지고 편하게 재판했을 테니까.

'태양 쪽에서 일하고 있으니 더더욱 그렇겠지.'

손채림의 아버지인 손하균이 운영하는 태양은 현 정권의 사건을 싹쓸이하고 있다.

그러니 법원과도 무척이나 긴밀하다.

따라서 이런 경험은 더더욱 처음일 수밖에 없다.

"그러면 간단하게 말씀드리겠습니다. 화자의 심정이란 말 그대로 그 작품을 통해 작가가 세상에 이야기하고자 하는 내용입니다. 이 작품은 전반적으로 21세기, 기회를 박탈당하고 노예 취급을 받는 청년들의 절망에 대해 이야기하고 있습니다. 하지만 이 문제에 대한 해석이 전혀 뜬금없이, 절망 속에서 희망을 찾으면서 현실에 수긍하라는 식으로 되어 있지요. 이 두 가지는 전혀 다른 해석입니다. 정상적인 해석이 아닌 변질된 해석으로 인해 문제는 정상적인 풀이가 불가능해졌습니다. 심지어 다른 예문에조차도 관련 해석은 들어 있지 않습니다. 이는 애초부터 문제가 잘못 만들어졌다는 의미입니다. 재판장님, 문학작품은 제대로 된 해석이 중요합니다."

노형진은 그렇게 말하고 뒤로 물러났다.

그러자 주아서는 그제야 피고 측 변호사를 바라보았다.

"피고 측, 진술하세요."

"재판장님, 문학작품에 대한 해석은 동일할 수가 없습니다. 문학작품이라는 것은 개개인이 보고 판단하며 어떻게 받아들이느냐에 따라 그 결과가 다릅니다. 당장 누군가는 이슬람을 보고 평화의 종교라고 하지만 누군가는 테러의 종교라고 합니다. 코란은 하나인데 그걸 해석하는 사람들이 다르기 때문에 상반된 양면성을 보이는 것입니다. 문학이라는 것이 그렇습니다. 한쪽만을 볼 수는 없고 여러 면을 봐야 진실이 보이는 것이 문학입니다."

'말은 잘한다.'

노형진은 나름 방어를 하는 그들을 보면서 피식 웃었다.

예상대로였으니까.

차마 정치적 해석이라고는 말할 수 없으니 사람들의 해석의 차이를 들고나올 수밖에 없었다.

'다른 사람들이라면 넘어가겠지.'

이미 답은 정해져 있으니까.

하지만 주아서 판사의 얼굴에는 그다지 변화가 없었다.

전혀 동조하지 않을 테니까 당연한 거다.

'저건 궤변이거든.'

말도 안 되는 주장으로 판사를 쥐고 흔들어 봐야 그녀가 넘어갈 가능성은 별로 없다.

"더군다나 이 문제를 제출한 사람들은 한국 최고의 석학들로서 그들의 해석은 다년간의 연구를 거쳐서 나온 결과물입니다. 그런 것을 일반인이 봤을 때 이상하다는 이유로 소송까지 거는 것은 과하다고 생각합니다."

"원고 측 변호인, 할 말 있습니까?"

주아서의 말에 노형진은 자리에서 일어났다.

이제 서로 주장할 시간은 끝났다.

상대방에 대한 공격을 시작할 시기다.

"피고 측 변호인에게 묻겠습니다. 피고 측 변호인은 한국 최고의 석학들의 연구 결과라고 했습니다. 그렇지요?"

"그렇습니다."

"그러면 그 연구 논문을 보여 주실 수 있습니까?"

"뭐라고요?"

"개개인의 주장이 아닌 석학들의 연구 논문에서 나온 결과라면 그걸 보여 주실 수 있습니까?"

"아니, 그건……."

'그래, 권위에 기대는 오류의 함정이지.'

수능 문제를 제출한 사람들은 분명 한국에서 골라서 뽑은 인재들이니 그 사실을 부정하는 건 아니다.

'하지만 그들이 이걸 연구한다고? 개소리.'

수능 문제를 내는 사람으로 선발되면 어느 순간 갑자기 '뿅!' 하고 사라진다.

그리고 수능이 끝날 때까지 풀려나지 못한다.

연구 논문을 발표할 방법이 전혀 없는 것이다.

"그 논문은 아직……."

"그러면 석학들의 연구로 나온 결과가 아니죠."

"지금 시험관들을 무시하는 겁니까?"

"무시하는 게 아니라, 생각을 해 보십시오. 이 자리는 문제의 오류 여부를 따지는 자리입니다. 그 자리에서 문제 출제자의 권위를 들고나온다면 어떤 문제도 이의를 제기하지 못합니다. 문제의 오류 여부를 따질 때는 그 문제를 만든 사람의 권위는 계산에 넣어서는 안 됩니다. 그러면 아인슈타인이 만든 논리는 모두 절대적인가요? 그건 아니지 않습니까?"

아인슈타인도 살아생전에 잘못된 계산을 한 적이 있다.

사람은 절대적이지 않다.

완벽한 사람은 없으니까.

그러니 그가 대단한 사람이니 오류가 없을 거라는 것 자체가 완벽한 오류다.

"그리고 피고 측 변호인, 객관성이라는 단어에 대해 아십니까?"

"압니다."

지금까지 감성으로 패 버렸다면, 이제는 팩트로 두들겨 패야 하는 시점이 왔다.

노형진은 팩트라는 무기를 슬금슬금 꺼내 들기 시작했다.

"그래요? 뭔지 설명해 줄 수 있습니까?"

"지금 장난합니까?"

"장난이 아니라 변론입니다. 설명해 주시죠."

피고 측 변호사는 불편한 얼굴로 말했다.

"남과 내가 동일하게 생각하는 것 아닙니까?"

"어느 정도는 맞네요."

"어느 정도?"

"재판장님, 이런 말이 있습니다. 이 세상에 객관은 없다. 오로지 객관이라고 생각하는 주관만 있을 뿐이다."

"흠…… 심오한 말이네요."

주아서는 턱을 문지르며 말했다.

객관이라는 것은 어쩌면 진짜로 없는지도 모른다.

가령 전쟁은 나쁘다는 것은 현대에 와서는 객관화되어 있지만, 일부는 과거에 전쟁이란 영광된 것이라고 생각했거나 지금까지도 그렇게 생각하기도 한다.

"결국 객관이라는 것은 누구나 같은 생각을 하는 게 아니라 다수가 생각하는 것이 객관화되는 것입니다."

"그런데 그게 이번 사건과 무슨 관련이 있다는 거죠?"

"이 문제에 대해 피고 측 변호사는 피고 측이 객관적으로 해석해서 만든 문제라고 주장하고 있습니다. 하지만 그 부분에 대해서는 정작 그 문제의 정답률이 아니라고 이야기하고 있습니다."

"정답률?"

뜬금없는 정답률 이야기가 나오자 고개를 갸웃하는 주아서.

"증거 갑제3-1을 봐 주시기 바랍니다. 해당 기록은 지난 수능에 대한 기록입니다. 그리고 해당 문제의 정답률을 봐 주시기 바랍니다. 해당 문제의 정답률은 0.72%입니다. 즉,

백 명 중 한 명도 이 문제를 맞히지 못했다는 것입니다."

"그래서요?"

"문제라는 것은 객관화가 가장 중요한 겁니다. 그런데 심지어 주관식도 아닌 객관식 문제입니다. 오지선다형 문제인 만큼 단순 계산을 한다고 해도 20%의 정답률은 나와야 하지만 정답률은 단 1%도 안됩니다. 이런 상황이라면 출제자의 주관에 맞춰서 해석하라는 문제는 객관성이 심각하게 결여되어 있다고 생각합니다."

노형진의 팩트 폭력에 피고 측 변호사는 점차 똥 씹은 얼굴이 되었다.

하지만 노형진은 팩트로 두들겨 패는 것을 멈추지 않았다.

"그럼 이번에는 다른 지문의 선택률을 봐 주시기 바랍니다. 선택률 89.7%인 3번이 가장 해석이 가깝습니다. 그나마도 완벽하지는 않지만 말입니다. 3번 지문을 보자면 주인공은 현실에 대해 인정하지 않고 세상만을 탓하고 있다고 되어 있습니다. 엄밀하게 말하면 정답은 아니지만 사실상 절망감에 대한 감정을 토로하는 지문은 유일하게 이 지문 하나뿐입니다."

"흠."

"아까도 말씀드렸다시피 객관성이라는 것은 결국 같은 생각을 뜻합니다. 그런데 89% 이상의 지지를 받은 해석이 도리어 틀린 답이라는 논리가 가능할까요? 화자의 심정을 묻는다는 것은 그 사람에게 동질감을 느끼라는 의미입니다. 대부분의 사람들이 그 안에서 절망감을 느꼈는데 뜬금없이 미래에 대한 희망이 정답이라는 게 해석으로서 온당할까요?"

노형진이 공격을 할 때마다 피고 측 변호인은 불편한 얼굴이 되었다.

아무리 그가 궤변을 늘어놓아도 상대방이 팩트로 나오면 결국은 답이 없기 때문이다.

"더군다나 아까 피고 측 변호인은 개개인이 다른 의견을 가지는 것이 정상이라고 했습니다. 정답이었던 1번의 선택률은 0.72%, 다섯 개의 지문 중 최하위입니다. 즉, 그 감정에 대해 동질감을 느끼거나 수긍하는 사람은 없다는 소리입니다. 그런 경우에는 문제가 제대로 출제된 게 아니라고 봐야 하지 않을까요?"

노형진의 말에 피고 측 변호사는 다급하게 말을 잘랐다.

"석학들의 연구에 따르면…….."

"피고 측, 아까도 말했지만 지금은 원고 측 변론 시간입니다. 말 자르지 마세요."

주아서의 말에 피고 측 변호사는 똥 씹은 얼굴이 되었다.

"감사합니다, 판사님."

판사에게 살짝 고개를 까딱한 노형진은 피고 측 변호사를 보며 씩 웃었다.

'아주 죽을 맛이겠지.'

어떻게 해서든 소송을 무마해야 하는데 그 답이 안 보이니까.

"그런 의미에서 볼 때 해당 문제는 극히 일부의 해석을 주류 해석으로 판단하여 만들어 낸 것입니다. 수능이라는 것은 객관성을 담보로 해야 하는 만큼 주류가 아닌 소수의 해석을 정답으로 삼는 것은 문제가 있다고 생각합니다."

"소수의 해석이라니요! 그건 석학들이……!"

"피고 측 변호인, 원고 측 말을 끊지 말라고 세 번째로 경고 드립니다. 한 번만 더 끊으면 법정 모독으로 체포하겠습니다."

그러자 피고 측 변호사는 입을 다물 수밖에 없었다.

'이런 제장.'

깐깐한 원칙 주의자라고는 듣기는 했지만 이 정도일 줄은 몰랐던 것이다.

'나로서는 다행이지.'

노형진은 입술이 바짝바짝 마르는 피고 측 변호사를 보면서 미소 지었다.

사실 정부에서는 사건을 유리하게 하기 위해 이첩을 하도록 종용하기도 했다.

하지만 주아서는 단호하게 거절해 버렸다.

이첩을 할 경우 정치적 의견이 개입될 거라는 걸 알았기 때문이다.

"재판장님, 피고 측의 주장에 따르면 모든 작품은 보는 사람마다 다른 해석이 있다는 소리입니다. 그 말이 맞겠지요.

하지만 그렇다면 이 문제는 애초부터 성립되지 않는 문제가 됩니다. 보는 사람마다 의견이 다르다고 주장하고 있는데 화자의 심정을 고른다는 것 자체가 피고의 주장을 반박하는 셈이 되니까요."

사람들이 다 다른 생각을 하는 게 정상이라면 그런 문제는 제출해서는 안 된다.

하지만 그런 문제를 제출했고, 결과적으로 그들에게 정해진 답을 고르도록 강요했다.

"으으......"

피고 측 변호사는 자신도 모르게 아랫입술을 깨물었다.

'멍청하긴.'

노형진은 혀를 끌끌 찼다.

그들은 나름대로 방어할 수 있을 거라 생각했을 것이다.

'하지만 방어라는 건 그렇게 쉬운 게 아니지.'

차라리 법리에 의한 싸움이라면 모를까, 감성에 기대는 판단은 그들의 말대로 법에 따라 내릴 수 있는 게 아니다.

"재판장님, 지금 이 사건의 핵심은 화자의 심정입니다. 그러면 화자란 무엇인가가 이번 사건의 핵심이라고 보입니다."

노형진은 당혹한 상대방을 보면서 미소를 지었다.

'오래 끌 수는 없지.'

분명 정부에서는 이 문제를 어떻게 해서든 덮기 위해 사건을 이첩시킬 것이다.

그게 안된다고 하면 주아서에게 죄를 뒤집어씌우고 그녀를 정직시키는 것도 가능하다.

그러면 당연히 그녀가 담당하던 사건들은 다른 사람들에게 갈 것이다.

'그리고 이런 시골 법원에는 다시 돌아가고 싶어 하는 놈도 있기 마련이거든.'

좌천되어 여기로 온 사람들이 다 정의롭지는 않다.

그중에는 실제로 범죄를 저지른 사람들도, 징계를 받아 온 사람도 있다.

다시 불러 준다고 조건만 달아 준다면 진실은 그들에게 아무런 상관도 없는 일이 된다.

"화자라는 단어의 정의를 말하는 건가요?"

"그렇습니다. 화자, 그러니까 이런 소설의 경우, 말하는 이입니다. 모든 예술은 작가의 머릿속에서 나옵니다. 그냥 복제된 것은 예술이 아닙니다."

"그래서요?"

"즉, 이 소설에 있어서 말하는 이는 이 작품의 작가일 수밖에 없고 이런 문제는 길게 끌 필요도 없이 그 화자 당사자, 그러니까 작가를 증인으로 요청하면 된다고 생각합니다."

노형진의 말에 주아서는 수긍한다는 듯 고개를 끄덕거렸다.

"하긴, 그게 제일 확실한 방법이지요."

결국 이 소설이 말하고자 하는 것이 뭔지 확실하게 알고 있는 사람은 이 소설을 쓴 작가이다.

그가 하는 말은 평론가니 석학이니 하는 사람들보다 훨씬 정확하다.

"그러므로 저는 이 소설의 작가인 서중서 씨를 증인으로 요청하는 바입니다."

상대방 변호사의 얼굴은 흉신 악살처럼 일그러지기 시작했다.

"여행을 떠나라고?"

재판이 있기 며칠 전 노형진은 서중서를 찾아갔다.

그런데 그가 서중서에게 한 말은 의외의 것이었다.

"네, 여행을 떠나 주십시오."

"나보고 도망가라는 건가?"

"도망을 가라는 게 아닙니다. 함정을 팔 생각입니다."

"함정이라니? 이게 그 정도의 일인가?"

"네, 이 상태로는 서중서 작가님에게 피해가 갈 수 있으니까요."

"으음."

서중서는 신음만 흘릴 뿐 아니라고 말 못 했다.

지금 노형진이 사건을 이렇게 배배 꼬이는 가장 큰 이유가 서중서에게 갈 피해를 최소화하기 위해서가 아니던가?

"하지만 그런다고 해서 피해가 안 올까?"

"안 오게 해야지요. 그래서 여행을 가시라고 하는 겁니다. 저는 서 작가님을 증인으로 내세울 생각입니다."

"그런 건가? 그런 거라면 내 언제든 환영이네. 내가 거기서 진술을 한다면 확실히 사건은 끝나겠군."

재판에서 당사자와 증인은 전혀 다르다.

당사자는 거기서 거짓말을 해도 아무런 문제가 없다.

자신의 이득이 걸려 있는 문제니까.

하지만 증인은 중간에서 철저하게 진실을 말해야 한다.

그리고 서중서가 증인으로서 진술하면 그건 확정적인 대답이 될 테니 분명히 재판은 거기서 끝날 것이다.

"압니다. 하지만 그렇기에 증언을 해서는 안 됩니다."

"뭐?"

노형진의 말에 서중서는 깜짝 놀랐다.

자신을 증인으로 부를 거라면서 증언을 해서는 안 된다니?

"그럼 말이 안 되지 않나? 증인으로 부른다면서 증언을 해서는 안 된다니?"

"어쩔 수 없습니다. 설사 증언을 한다고 해도 결국 정부에 반하는 의견을 말하는 건 사실이니 그때부터 정부에서 서 작가님에게 불이익을 줄 테니까요."

"그러면 나보고 거기서 거짓을 말하라는 건가?"

"아닙니다. 여행을 가셔야 합니다. 국내 말고, 바로 돌아올 수 없는 해외로요."

"그런다고 뭐가 달라지는지 모르겠군."

"간단하게 말씀드리자면, 증인석에 나오기는 하지만 증언을 하시면 안 된다는 겁니다."

"더 이해가 안 가는데?"

증인석에 나가기는 하되 증언을 하지 말라니?

그건 쉽게 말해서 법정 모독을 하라는 소리나 마찬가지다.

증인석에 서는 순간 묵비권은 인정되지 않기 때문이다.

진실을 말하도록 되어 있으니까.

물론 거짓을 말하거나 하면 위증죄로 처벌받는다.

"그건 제가 그렇게 되도록 만들 테니 걱정은 하지 마십시오."

노형진은 미소를 지으며 말했다.

"다만 서 작가님을 만나러 온 사람을 공공장소에서 만나셔야 합니다. 하지만 그들에게 절대 어떠한 확답도 해서는 안 되시는 거고요."

"나를? 누가 만나러 온다는 건가?"

"아마 금방 아시게 될 겁니다, 후후후."

⚖️

그리고 지금, 서중서는 자신을 바라보는 사람들을 물끄러미 마주 보았다.

"교육부에서 나오셨다고요?"

"그렇습니다."

여행을 핑계로 베트남에 온 서중서.

그곳에서 만난 두 남자는 자신들이 교육부에서 나왔다고
했다.

"으음……."

노형진의 예언대로 이야기가 굴러가자 서중서는 살짝 당
황했다.

하지만 그런 그의 표정을 두 사람은 다르게 해석한 모양이다.

"물론 저희가 찾아온 게 당황스러운 일일 겁니다. 하지만
정부에서는 지금 다급하게 서 작가님의 도움이 필요합니다."

"무슨 도움요?"

"지금 한국에서는 서 작가님에 관한 소송이 벌어지고 있습
니다."

그들은 간략하게 서중서에게 한국에서 벌어지는 소송에
대해 이야기했다.

이미 알고 있던 내용이지만 서중서는 모른 척했다.

"그래요? 그런 일이 있나요?"

"네, 그쪽에서 서 작가님을 증인으로 요청했습니다."

"어디 보자, 조만간 한국에 들어가니 가능하겠네요."

서중서는 고개를 갸웃했다.

그런데 여기서부터 이야기가 달라지기 시작했다.

"안 됩니다. 서 작가님은 저희를 위해 증언을 해 주셔야 합니다."

"뭐라고요?"

"저희가 한 해석이 맞다고 증언을 해 주셨으면 합니다."

"무슨 말도 안 되는 소리입니까?"

어젯밤 노형진에게 대략적인 계획은 들었다.

그래서 그들이 어떠한 이야기를 할 거라는 건 알고 있었지만, 직접 듣고 나니 서중서는 가슴 깊은 곳에서 분노가 치밀어 올랐다.

"그 작품을 정부의 뜻에 맞게 해석해 달라고요? 이봐요, 그 작품은 내 자식 같은 작품입니다. 사실 그쪽 해석은 말도 안 되는 헛소리예요. 안 그래도 그런 해석이 나온 게 어이가 없어 죽겠는데 그걸 인정해 달라고요? 그게 가능하다고 생각하십니까?"

지금까지 쌓여 있던 말을 강하게 던지는 서중서.

"그 작품의 의도는 현실에 대한 긍정이 아니라 현실에 대한 저항입니다. 그런데 그걸 마음대로 해석하고는, 이제 와서 그걸 인정해 달라?"

"서 작가님, 그런 게 아니라……."

"아니긴 뭐가 아닙니까? 내가 방법을 몰라서 가만히 있었던 것뿐이지 그 해석이 맞아서 가만히 있었던 게 아닙니다.

그런데 법원에서 거짓말을 하라는 겁니까? 교육부에서 나왔다고요? 기가 막히는군요. 이 사실을 포함해서 모조리 증언하겠습니다. 이건 나를 모욕하는 행동입니다."

거칠게 말하면서 자리를 박차고 일어나는 서중서.

하지만 이내 우뚝 멈춰 서야 했다.

"이렇게 그냥 가시면 좋지 않으실 텐데요."

"으음⋯⋯."

"잘나가는 작가이신 건 알지만, 그렇다고 해서 국가를 이길 수 있다고 생각하시는 건 아니죠?"

아까와 다르게 비웃음이 담긴 얼굴로 말하는 직원들.

"지금 협박하는 겁니까?"

"협박이라니요. 친절하게 경고해 드리는 겁니다."

"경고⋯⋯."

"물론 저희가 도움이 필요한 건 사실입니다. 하지만 그렇다고 해서 저희가 작가님과 같은 급이라고 생각하시면 곤란하죠."

"⋯⋯."

"작가라는 족속이 자존심 하나로 먹고사는 건 알고 있습니다. 하지만 그렇다고 해서 그 자존심만으로 세상을 헤쳐 나갈 수 있는 건 아니거든요."

직원들은 노골적으로 말했다.

"사실 애초에 작가님이 도와주지 않으실 건 알고 있었습니다. 좋게 말씀드리려고 했지만요."

애초에 소설에서부터 반골 기질이 넘치는 인간이 갑자기 도와 달라고 하는데 도와줄 리가 없다.

그렇기에 그들은 차선책을 준비해서 온 상황이었다.

물론 그 차선책이라는 것은 그다지 우호적인 방법이 아니었다.

"그러니까 나한테 어떻게 해서든 피해를 주겠다는 겁니까?"

"모르지는 않으실 텐데요, 요즘 문인들 사이에서 블랙리스트 이야기 나온 거?"

서중서는 똥 씹은 표정이 되었다.

소문으로만 돌던 블랙리스트의 존재. 그 존재가 명확히 드러나는 순간이었다.

"거기서 내려 드리죠. 그리고 문화 지원을 해 드리겠습니다. 그것만 해도 한 3억 정도는 버실 수 있을 겁니다."

"헛소리!"

"헛소리인지 아닌지는 당해 보시면 알 겁니다. 작가 개인의 힘으로 정부를 이길 수 있다고 생각합니까?"

"……."

서중서는 눈을 데굴데굴 굴렸다.

그리고 노형진이 했던 말을 기억해 냈다.

─어떠한 확답도 하지 말 것.

지금 상황이 딱 그런 상황이 아닌가?

서중서는 침을 꿀꺽 삼키면서 말을 아꼈다.

그리고 그런 서중서의 모습을 보고 겁먹었다고 생각한 건지 공무원들은 비웃음을 날렸다.

"요구 조건은 간단합니다. 재판정에서 저희 쪽에 유리한 진술을 하세요. 그러면 저희가 도와드릴 겁니다."

"……."

"대답하세요."

"생각을 좀 해 볼 시간을 주십시오."

"시간이야 드릴 수 있지요. 하지만 그 이후에 글이라도 팔아서 먹고살려면 생각 잘하셔야 할 겁니다. 당신 같은 작가 한둘 보내 버리는 건 일도 아니니까."

두 남자는 자리에서 일어났다. 그리고 그에게 차분하게 말했다.

"빠른 대답을 부탁드립니다."

그리고 휭하니 나가 버리는 두 사람.

그 자리에 남은 서중서는 긴 한숨을 내쉬었다.

"예상은 했지만……."

하지만 당장 협박을 당하자 대응책이 안 보였다.

물론 노형진이 자신을 도와준다고 하기는 했지만 지금 그는 여기에 없지 않은가?

"후우."

서중서는 긴 한숨을 쉬며 숙소로 돌아왔다.

숙소에서 혼자 앉아, 그는 걱정이 태산 같았다.

"결국 내가 결정하는 건데."

그는 고민했지만 결국 마음을 굳혔다.

그들의 부탁을 거절하기로.

신념을 가지고 쓴 글이다.

그들의 욕심에 자신의 신념을 버릴 수는 없었다.

'거절을 해야겠어.'

그렇게 생각하는 순간. 누군가 숙소의 벨을 눌렀다.

"누구지?"

서중서는 문에 난 작은 구멍으로 바깥을 확인하고는 반가운 얼굴로 문을 열었다.

"노 변호사!"

"안녕하십니까, 서 작가님."

"아니, 이 시간에 어쩐 일로?"

"마음고생이 심하실 것 같아서 찾아왔습니다."

"맘고생?"

"그들이 찾아왔지요?"

서중서는 깜짝 놀랐다. 그러나 그다음 말에는 더 놀랐다.

"그리고 거절하실 생각이고요."

"그건 그런데……."

찾아온 것도 그리고 거절할 것도 알고 있는 노형진의 말에 그는 화들짝 놀랐다.

그런 그를 노형진은 차분하게 진정시켰다.

"승낙하세요."

"뭐? 노 변호사, 지금 뭐라고……?"

"전화해서 지금 승낙하시라고 조언드리는 겁니다."

"하지만 그건 내 의견과 다르지 않나?"

"다르지 않습니다. 결과와 과정이니까요."

"과정?"

"과정은 그들에게 우호적으로 보여야 합니다. 그래야 보복이 이루어지지 않습니다."

"하지만 결과라는 건 뭔가?"

"그건 비밀입니다."

노형진은 씩 웃었다.

"그리고 이 세상은 결과가 모든 것을 보여 주지요, 후후후."

⚖️

얼마 후 두 번째 재판이 시작되었다.

노형진의 예상대로 전보다 훨씬 많은 기자들을 비롯한 언론사 사람들이 참석했다.

'그렇겠지.'

서중서는 노형진의 말대로 도와주겠다고 이야기했다.

당연히 그들의 입장에서는 이걸 대놓고 공중파와 언론에서 알려야 두 번 다시 소송하는 일이 없기에 기자들과 언론을 불러온 것이다.

'그게 무덤으로 가는 건지도 모르고 말이지.'

노형진은 느긋하게 기다렸다.

재판이 시작되고 몇 번의 공방이 있었지만 사실 그 공방에는 의미가 없었다.

서중서가 증인으로 나서는 순간, 그리고 그가 말을 하는 순간 모든 게 의미가 없어지니까.

"그러면 증인신문을 하겠습니다. 증인, 앞으로 나오세요."

서중서는 떨떠름한 표정으로 증인석에 섰다.

그리고 기자들과 모든 사람들이 그의 사진을 찍고 기사를 쓰기 시작했다.

"원고 측, 먼저 증인신문하세요."

판사의 말에 노형진은 자리에서 일어났다.

'아마도 재판정에서는 그의 증언을 기다리고 있겠지.'

그러나 그런 일이 벌어질 가능성은 낮다.

"친애하는 재판장님, 저는 지금 증인의 진실성에 의심을 가질 수밖에 없습니다. 이에 증인에 대한 기피 신청을 하고자 합니다."

"뭐요?"

"뭐?"

"장난해?"

다들 당황해서 어리둥절한 표정이 되었다.

심지어 판사조차도 그런 표정이었다.

그럴 수밖에 없는 게, 서중서를 증인으로 요청한 것은 다름 아닌 노형진이었다.

그런데 자기가 불러들이고 자기가 증인을 믿을 수 없다고 한다는 건 말이 안 되기 때문이다.

"원고 측 변호인, 지금 그게 무슨 말이죠? 원고 측이 요청한 증인을 못 믿겠다니. 그렇다면 애초에 증인으로 요청하면 안 되는 거 아닌가요?"

판사의 말에 노형진은 고개를 끄덕거리면서 말했다.

아니, 사실상 이 재판의 마지막을 장식했다.

"정상적인 경우라면 그렇겠지요. 하지만 한 가지, 증인의 증언을 믿을 수 없을 만한 사건이 그 후에 벌어졌다면 이야기는 달라지지요."

"믿을 수 없을 만한 사건?"

"재판장님, 지금부터 틀어 드리는 녹음은 제삼자에게서 제보가 들어온 녹음입니다. 이 녹음을 들으신 후에는 제 말을 이해하실 겁니다. 녹음을 틀어도 될까요?"

녹음이 나오자 일이 틀어지고 있다는 느낌에 피고 측 변호사는 잔뜩 얼굴을 찌푸렸다.

"재판장님, 이건 미리 사전에 이야기가 된 증거가 아닙니다. 공개를 불허해 주십시오."

"원하신다면 다음 기일에 공개하겠습니다. 하지만 이 녹음이 가진 의미는 생각보다 큽니다. 재판장님, 이 녹음에 대한 피고 측의 변론은 다음에 들어도 됩니다."

"흠……."

주아서는 잠깐 고개를 갸웃하다가 결국 노형진을 보고 고개를 끄덕거렸다.

"허락합니다."

"재판장님!"

"어차피 다음 재판에서 나올 증거라면 시간을 끌 필요가 없지요. 물론 피고 측의 해당 증거의 반박 시간은 충분히 드리겠습니다."

주아서 판사의 말에 피고 측 변호사는 아무런 반박도 못했다.

하지만 녹음이 울려 퍼지면서 그의 얼굴은 시퍼렇게 질려 버렸다. 반박할 시간은 충분히 준다고 이야기하기는 했지만 반박이 불가능하다는 것을 알아차렸기 때문이다.

'교육부에서 나왔습니다.'라는 말로 시작된 목소리.

처음에는 회유를, 그리고 나중에는 협박으로 이어진 일련의 대화.

─모르지는 않으실 텐데요, 요즘 문인들 사이에서 블랙리스트 이야기 나온 거?

그리고 거기서 나온 블랙리스트에 관한 이야기.

거기에다가 개인 신상을 위해하겠다는 공무원이라는 자의 협박.

"이런⋯⋯."

"어떻게 이런 일이!"

기자들도 깜짝 놀랐다.

오늘 중요한 일이 있다고 해서 투덜거리면서 파견 나왔는데 어마어마한 핵폭탄이 터졌다.

변호사는 얼굴이 사색이 되었고, 방청석에 앉아 있던 몇몇 사람들이 갑자기 일어나서 기자들을 몰아내기 시작했다.

"나가세요! 나가!"

"오늘 취재는 없었던 걸로 하겠습니다."

"오늘 취재 사항은 오프더레코드입니다!"

그들은 다급하게 외쳤지만 누구도 나가려고 하지 않았고, 도리어 그들을 밀치면서 자리를 차지하려고 난리도 아니었다.

"재판장님, 보다시피 증인은 피고 측에게 협박을 당했습니다. 그 상황에서 증인의 진술이 믿을 수 있다고는, 저는 도무지 생각하지 못하겠습니다."

"흠."

그건 판사도 마찬가지였다.

증인은 절대로 거짓말을 해서는 안 된다.

그게 개인적 선택이라고 하지만, 협박을 받은 시점에서 그 증언은 믿을 만한 구석이 전혀 없다.

"재판장님! 저건 제삼자의 불법 녹음입니다! 증거에서 배제하여 주십시오!"

다급하게 피고 측 변호사가 말했지만 이미 승패는 기운 상태였다.

"불법 녹음이라고 할지라도 피고 측의 협박이 사라지는 것은 아닙니다. 더군다나 이 녹음 내용에서 보면 분명 피고 측이 증인의 작품에 대해 비정상적인 해석을 한 것을 증인이 나무라는 내용이 있습니다. 이 상황에서 다른 사람들의 주장이 무슨 의미가 있을까요?"

없다.

당사자가 아니라고 한 이상 그들이 아무리 불법 증거라고 외쳐 봐야 소용없다.

"그래도 약속은 약속이니······."

주아서는 물끄러미 피고 측 변호사를 바라보았다.

"다음 변론 기일을 정하겠습니다. 피고 측 변호인, 다음 기일까지 이에 대한 반론을 제출하세요."

피고 측 변호인은 고개를 푹 숙였다.

노형진의 예상대로 반론은 없었다.

애초에 증인을 협박한 사건이다 보니 반론을 하기는커녕 언론에 터져 나간 사건을 수습하느라고 정부는 난리가 났다.

그동안 쉬쉬하던 블랙리스트의 존재를 공무원이 직접 확인해 준 이상 이는 문화계 전반의 심각한 대립이 될 게 뻔했으니까.

"왜 이야기해 주시지 않은 거예요?"

고연미는 노형진을 보면서 고개를 갸웃했다.

사실 노형진이 미리 서중서에게 말해 줬다면 서중서는 그다지 머리 아프지 않았을 것이다.

하지만 노형진은 대응책만 이야기해 주고 자세한 건 이야기해 주지 않았다.

"일단 서 작가님의 연기력을 믿을 수가 없어서요."

"아아, 알면 이상한 행동을 할 수도 있죠."

그런 경우라면 차라리 그냥 모르는 게 나은 선택이다.

그러면 저쪽이 원하는 자연스러운 행동이 나오니까.

"두 번째는 전에 말씀드렸다시피 서 작가님의 보호 때문이었습니다."

서중서는 분명 전화로 돕겠다고 했다.

하지만 그 증언을 하기도 전에 노형진이 파투를 내 버렸다.

"즉, 정부에서 서중서 작가님을 적대할 이유는 없죠."

"그래서 현장에서 확답을 하지 말라고 하신 거군요."

"네."

만일 현장에서 확답해 줬다면 사람들은 서중서가 변절했다고 생각할 것이다.

하지만 노형진은 그렇게 생각하게 놔둘 수가 없었다.

"협박 현장을 벗어나려고 하는 건 흔하게 있는 일이니까요."

하지만 확답을 하지 않았기에 그에 대한 대중의 평가는 바뀔 일이 없다.

"만일 정부에서 변절했다고 공개하면요?"

"그게 가능할까요?"

그걸 공개하면 대놓고 자기들이 협박했다는 걸 인정하는 꼴이다.

물론 그게 이미 드러났지만 말이다.

"그래 봤자 서중서 작가님은 자신과 가족의 안전 때문에 어쩔 수 없이 고개를 숙인 셈이 됩니다. 즉, 서중서 작가님이 변절했다고 정부 쪽에서도 주장할 수는 없죠."

하지만 그의 작품이 잘못 해석되었다는 것은 누가 봐도 명확한 상황이다.

그런 만큼 재판에서 이기는 건 어려운 일이 아니었다.

"이건 진짜 생각하지도 못했네요."

그냥 재판만 해서 이길 거라고 생각했던 고연미는 노형진이 완벽하게 서중서를 보호하자 혀를 내둘렀다.

"그런 게 우리가 해야 하는 일입니다, 후후후."

노형진은 미소를 지으면서 웃었다.

"그나저나 블랙리스트 사건이 오래가지 않네요."

"뭐, 하루 이틀 일인가요?"

블랙리스트 사건이 터지기 무섭게 유명 연예인의 스캔들이 터져 나왔다.

그리고 갑자기 블랙리스트 이야기는 싹 사라지고 다들 그 이야기만 하고 있었다.

"하지만 그러한 저들의 꼼수도 오래가지 못할 겁니다."

노형진은 확실하고 있었다.

그들의 미래가 얼마 남지 않았다고 말이다.

그럴듯한 똥

"넌 세상을 구하고 싶은 생각 없냐?"

"응?"

노형진은 옆에서 책을 읽던 오광훈의 말에 뭔 개소리를 하느냐는 표정으로 바라보았다.

"쉬는 날 만화방까지 불러내더니 한다는 말이 세상을 구하고 싶지 않냐니? 뭔 개소리야? 뭐 어디 대마왕이라도 나타났대?"

"아니, 그게 아니라 너나 나나 회귀해서 온 거잖아?"

"엄밀하게 말하면 난 회귀한 거고 넌 전생한 거랑 비슷한 거지."

"차이가 뭔데?"

"회귀는 과거로 돌아온 거고, 전생은 다른 존재로 다시 태어난 거."

"나는 난데?"

"아니, 그러니까 넌 오광훈인데, 뭐라고 설명해야 하나……. 아니다. 말을 말자. 대신에 이거나 하나 봐라."

노형진은 옆에 있던 판타지 소설을 그에게 안겨 줬다.

"이거 보면 회귀와 전생의 차이를 정확하게 알 수 있을 거다. 그런데 갑자기 그 이야기는 왜?"

"그런데 별로 한 게 없잖아."

"아니, 이 이상 뭘 더 해?"

오광훈은 자신이 죽기 직전의 한국에 대해 잘 알고 있었다.

그때와 비교하면 한국의 상황은 지금이 훨씬 나은 편이기는 하다.

"넌 전생이라서 얼마나 개판인지 모를 거다. 지금은 그때에 비하면 천국이야, 천국."

"이게 천국이라고?"

"아니, 천국은 아니고, 지옥과 인계쯤 차이는 나겠네. 아니 별반 다르지 않으려나? 하여간, 갑자기 그 이야기는 왜 하는 거야?"

오광훈은 머리를 긁적이면서 보던 책을 스윽 내밀었다.

그리고 노형진은 그걸 보고 코웃음을 쳤다.

"회귀가 가장 쉬웠어요? 뭔 개소리야?"

"개소리 같냐?"

"씨발, 자기들이 회귀해 보라고 해."

쉬운 건 하나도 없다.

안 해 봐서 그렇지, 회귀하고 나자 머리에서 쥐가 나는 기분이다.

자신이 하는 행동 하나가 어떤 반응을 일으킬지 생각해야 하니까.

"아니, 그건 나도 아는데 말이지."

"뭐, 검사 그만두고 용사라도 하게? 그것도 뭐 '사' 자 돌림 직업이기는 하다만."

"그게 아니라 그 뭐냐, 이것처럼 세상을 호령하든가."

"세상 호령? 지금 내 꼴 보고 그런 말이 나오냐?"

미다스라는 이름. 분명 세상을 호령하는 이름이기는 하다.

하지만 그 이상으로 목에 칼이 들이밀리는 이름이기도 하다.

"하긴, 그건 그러네."

오광훈은 머리를 긁적거렸다.

그가 노형진이 미다스인 것은 모르지만 영향력이 강하다는 것은 아니까.

"세상은 힘을 가진 사람을 가만 놔두지 않아. 소설처럼 젊은 놈이 갑자기 힘을 가지잖아? 당장 바깥에서 대전차미사일이 날아와도 이상하지 않은 게 현실이란 말이지."

"그래도 한국인데?"

"아니라고 생각해? 아니, 한국이라서 더 문제 아냐?"

"끄응, 부정은 못 하겠네."

물론 대전차미사일은 좀 뻥이 섞이기는 했지만, 한국의 재벌들은 자수성가를 혐오한다.

"세상을 바꿀 수야 있겠지. 권력도 좀 잡고. 그런데 난 내 목을 내놓으면서 권력을 잡을 생각은 없다. 그리고 내가 저 소설의 주인공이랑 가장 다른 게 뭔지 알아?"

"뭔데?"

"내가 문과라는 거야."

"씨발."

오광훈은 피식 웃었다.

생각해 보니 그렇다.

이런 소설의 주인공은 죄다 이과 출신이다.

'기술'로 세상을 바꾸기 때문이다.

"아, 씨발. 소설도 '문송' 하네? 갑자기 열받네, 이거."

"넌 문과도 아니면서 뭔 열을 받아?"

노형진은 코웃음을 치면서 보고 있던 책을 내려 두고 다른 만화책을 집어 들었다.

"그냥 문과는 '문송' 합니다, 그러면서 조용히 먹고살면 되는 거야."

"아, 쓰벌. 이공계 영웅 싫다."

"어쩌겠어? 회귀 예상하고 이과 갈 수는 없잖아."

"그건 그런데 그 뭐냐, 알고 있는 기술로 살 수는 있잖아?"

"그건 그렇지."

물론 이미 하는 일이다.

그저 그걸 오광훈이 모를 뿐.

"그건 내가 알아서 할 테니 걱정하지 마."

"내가 도와줄 건 없고?"

"뭐가 있겠냐?"

"흠, 뭐 범죄 조직에 대해 말해 주는 정도?"

"그 정도는 도움이 안 되지. 그리고 알잖아, 대부분 정리된 거."

"그렇지."

한만우는 지역 양아치들을 빼고는 대부분 흡수했다.

물론 지역 양아치들은 아직도 깝죽거리기는 하지만 한만우는 그런 그들을 가뿐하게 무시했다.

일반인이라면 겁을 먹고 신고를 하지 못하겠지만 한만우의 조직이 겁을 먹을 리가 없는 데다 그들이 뭔 짓만 하면 경찰을 불러 재끼는 통에 양아치들은 아무 짓도 못 하게 되었다.

"더군다나 사회 전반에 대해서는 내가 더 잘 알잖아."

"그건 그렇지."

"거기에다 회귀 시점도 내가 더 나중이고."

"그렇지. 와, 씨발. 내가 이렇게 쓸모없는 인간이었다니."

노형진은 그런 그를 보면서 피식 웃었다.

"쓸모없지는 않으니까 걱정하지 마."

"그래?"

"그래, 너 아니면 검찰이랑 같이 일하는 게 쉽겠냐?"

오광훈을 기준으로 새론과 검찰의 협업 시스템이 완성된 상태다.

검찰 중 일부는 그런 시스템을 무척이나 싫어했지만 오광훈은 그런 일부의 말에 신경도 안 쓰는 타입이기에 가능한 일이었다.

"다른 사람이라면 생각이 많았겠지."

실적이야 늘겠지만 승진은 물 건너간 거고 당연히 정치 쪽은 꿈도 못 꾼다.

"네가 대신 방패막이 역할을 해 주니까 다른 검사들이 우리랑 일할 수 있는 거야."

"역시 난 잘났어."

칭찬에 으쓱해지는 오광훈.

"그래, 너 잘났다."

노형진은 그저 웃었다.

그런데 그런 오광훈이 진짜 세상을 구할 영웅이 될 줄은 누구도 생각하지 못했다.

⚖️

"자네가 잘났으니까."

"네?"

오광훈은 당황해서 눈을 데굴데굴 굴렸다.

"자네가 나가서 일을 좀 해 줘야겠어. 미국이랑 말이야."

"제가 말입니까?"

"그래, 그쪽에서 사람을 좀 보내 달라고 했네. 협업 형태로 말이야. 국제 공조 사건이니까."

"그런데 왜 접니까?"

"당연히 가장 능력 있는 사람을 보내야지."

부장검사는 웃으며 말했지만 그 미소를 보면서 오광훈은 이 새끼가 구라를 치고 있다는 걸 알았다.

'아, 쓰발. 똥 밟은 것 같은데.'

물론 현실적으로 미국과의 공조 사건이라면 분명 검찰 내부에서도 하이 커리어의 주요 인물에게 밀어주는 큰 사건이다.

'그런데 부장 새끼의 표정을 보면 그게 아닌데.'

문제는 부장검사라는 인간이 오광훈을 좋아하지 않는다는 것이다.

백자연 사건을 해결하면서 일종의 거래가 이루어져서 데면데면한 사이이기는 하지만 결코 오광훈의 커리어를 위해 미국과의 공조가 걸린 사건을 줄 리가 없다.

"미국과의 공조 사건이라고요."

"그래, 미국과 함께 성매매 조직을 추적해야 하거든. 그쪽에서 한국 쪽 전문가를 파견해 달라고 하더군. 아, 그리고 중국 쪽도 사람을 보낼 거야. 삼국 공조인 셈이지."

"아니, 뭔 성매매 사건에 검사까지 파견합니까?"

"큰 건이라니까."

"그런데요?"

"'그런데요?'라니? 자네한테 기회가 왔단 말일세. 이것만 해결하면 자네는 바로 승진이야."

미국과의 공조수사만 해도 엄청 큰 사건이다.

그런데 이번에는 심지어 미국이 먼저 요청한 사건이다.

'이건 대놓고 함정인데.'

다른 검사라면 아마 기회라고 군침을 흘렸을 것이다.

하지만 오광훈은 아니다.

그는 애초에 검사도 아니었고 부장 새끼가 자신을 싫어한다는 것을 알고 있으니까.

'아오, 씨발. 왠지 똥이 듬뿍 담긴 것 같은데.'

문제는 오광훈에게는 그걸 걸러낼 능력이 없다는 거다.

"무슨 성매매 조직 하나 잡자고 국제 공조까지 합니까?"

"미국에서 한국계 성매매 조직이 암약하고 있는 모양이야. 그들을 박멸하기 위해 움직일 거야."

"그걸 제가 해야 합니까?"

"그래야지. 우리 검찰청에서 실적 면에서 자네만 한 사람이 없지 않나?"

'그건 내가 아니라 형진이가 한 건데.'

오광훈은 떨떠름했다.

회귀 전 본능이 '이건 똥이다. 대놓고 진짜 찐득한 똥이다. 밟으면 좆 된다.'라고 경고하고 있었다. 하지만 하지 않을 수가 없었다.

"거절은 안 되겠죠……?"

"안 되네. 이미 신상 올렸어."

오광훈은 왠지 온몸이 똥으로 끈적해지는 기분이었다.

⚖

"이런 씨발."

노형진은 오광훈의 말에 눈을 질끈 감았다.

"이게 그 정도로 똥이냐?"

"당연하지. 그게 가능해 보이면 그 부장검사가 자기 라인에 주지 네게 주겠냐?"

"그건 그러네. 그러면 해결이 불가능한 거야?"

"해결이 불가능하다? 그것보다는 무한 도돌이표라고 해야 하나. 아주 전통적인 똥이야. 쉽게 표현하자면 '너 나가라.'라는 뜻의 완곡한 발령이랄까?"

"뭐? 이해가 안 가는데? 그래도 미국이랑 다른 나라들과 공조수사잖아? 그런데 그 정도로 심각한 똥이라고?"

노형진은 긴 한숨을 쉬었다.

"그래, 공조수사이지만 실질적으로 좋은 실적을 낼 수가 없으니까 똥이라는 거야, 성매매라는 건 말이야. 그런데 미국은 사실상 그게 합법이면서도 불법이거든."

"뭔 소리래?"

"한국이랑 비슷해."

존재를 알고 처벌은 하지만 그렇다고 해서 적극적으로 추적하지는 않는다는 뜻이다.

그걸 막는 데에는 한계가 있다는 걸 알기 때문이다.

"근데 국제 공조까지 하면서 상대 조직을 왜 추적할까? 미국에 성매매 조직이 없어서?"

아니다.

미국에 성매매 조직, 그러니까 갱단은 넘친다.

심지어 노형진과 함께 일하는 엠버 브라운조차 한때 돈 때문에 어쩔 수 없이 그들과 일하기도 했다.

"한국계라서 그런 거라던데."

"그건 그렇겠지."

한국계 여성을 초청해서 성매매 하는 범죄 조직도 분명 있다.

"하지만 그들을 공조수사 할 정도는 아니야."

"그러면 뭐가 문제야?"

"이게 참 곤란한 문제인데, 이런 경우 성매매 조직은 두 가지 방식이 있어."

하나는 자발적 성매매. 가장 흔한 방식이다.

다른 하나는 납치다.

"그런데 한국이라면 거의 100% 자발적이지. 공식적인 수사 방식대로라면 말이야."

"자발적이라고?"

"한국에서 여자를 꼬셔서 돈 많이 준다고 데리고 가서 일시키는 것."

"그게 문제가 되나? 뭐 한국은 안 그래?"

"내 말을 들어 봐. 이건 좀 실무적인 거니까, 어차피 할 수밖에 없다면 너도 알아야 해."

"그래서?"

"문제는 한국 여자들이 그렇게 많이 가지는 않는다는 거야. 그에 반해 공식적 통계에 따르면 한국 여성의 해외 성매매 기록은 상당히 높은 편이지. 어째서 그럴까?"

"이해가 안 가는데."

"그래, 그래서 이게 좆 된 문제라는 거야. 그런 식으로 나가는 대부분의 여권은 위조거든."

"위조?"

"그래. 이게 참 개 같은 문제인데……."

모르는 사람들은 한국이 성매매 수출 1위네 어쩌네 하면서 빈정거리지만 상당수 기록은 한국인이 만들어 낸 게 아니다.

"중국에서 한국 여권을 위조해서 나가거든."

"설마?"

"네가 미국에 가서 부딪히게 될 조직은 한국 조직이 아니라 중국 조직이라는 거지. 왜 한국 사건에 중국 공안이 붙겠냐? 뻔한 거 아냐?"

"씨발."

오광훈은 눈을 찌푸렸다.

그럴 수밖에 없는 게 중국 조직이라고 하면 뻔하지 않은가? 바로 삼합회다.

"거기에다 미국은 총기 자유국이지."

재수 없으면 길 가다가 기관총에 온몸이 벌집이 되는 일이다.

"그래서 나한테 떠넘긴 거야?"

"그래. 이건 위험하기는 더럽게 위험한데 해결해 봐야 실적 자체는 안 되거든."

한국 내 조직이 아니라 잡아 봐야 중국 조직이 될 거다.

그러니 한국 내에서는 그다지 큰 실적이 안 된다.

물론 해결하면 미국에 큰소리를 낼 수 있지만.

"그 대신에 그걸 해결해야 하는 검사는 삼합회의 총알에 맞을 가능성이 아주아주 높다는 거지."

"이런 씨발, 부장검사 새끼. 내가 가기 전에 먼저 총알 먹여 준다."

"그런데 문제는 그것만이 아니야."

"또 있다고?"

"그래."

노형진은 회귀 전 미국에서 살았기 때문에 그들의 구조에 대해 대충은 알고 있었다.

"중국이든 한국이든 일단 미국에 있는 성매매 조직에 도착하면 무슨 일이 벌어지느냐가 문제야."

납치로 가는 사람도 있겠지만 돈을 많이 벌 수 있다는 소리에 속아서 가는 사람도 상당수다.

실제로 아예 한국에서 가는 사람이 없는 것도 아니니까.

"일단 여권부터 빼앗지."

다른 곳으로 가거나 신고도 하지 못하게 여권부터 빼앗는다.

그리고 가두고 그때부터 강제로 성매매를 시킨다.

"돈을 많이 준다? 그거 개소리야."

절대 돈 안 준다. 풀어 주지도 않는다.

아프다는 말도, 생리한다는 말도 안 통한다.

미국이 전 세계를 대상으로 인권 국가인 것처럼 굴지만 현실적으로 그 내부의 현실을 보면 미국은 그다지 인권국으로 볼 수가 없다.

"의외로 그런 사람들이 많거든. 생각을 잘못해서 일단 미국이나 해외에 가 버리면, 그때는 그냥 실종자인 거야. 성매매 비자는 없지. 그러면 들어가는 순간 끌려가서 그냥 실종."

노형진은 어깨를 으쓱했다.

"그리고 더 이상 성매매 못 할 지경이 되면 어떻게 될 것 같냐?"

"그냥 죽겠네."

피해자가 바보가 아닌 이상에야 나가면 100% 신고한다.

아니, 신고하지 않는다고 해도 이미 관광 비자 만료 시기는 한참 지났다.

그러니 신분이 붕 떠 버린다.

"그래, 그게 가장 큰 문제야."

멋모르고 미국으로 돈 벌러 왔다고 생각하는 여자들.

그들이 어느 나라든 상관없이 잡혀 들어가는 순간 그냥 죽는 거다.

"그리고 그런 놈들이 설마 한국, 중국만 있겠니? 국적 가려 가면서 사람 잡겠어?"

"그게 무슨 소리야?"

"이게 들어가면 절대 한국과 중국 문제로 끝나지 않는다는 거지."

한국과 중국뿐만 아니라 일본, 러시아, 베트남이나 필리핀, 브라질과 멕시코 등등 대부분의 나라들이 관련된 사건이다.

"말이야 미국에서 했다고 했다지만 가 보면 아마 각국에서 다 와 있을걸."

"염병."

"그런데 문제는 그거야. 이미 그렇게 많은 사람들이 가 있는데 해결이 안 된 거."

"버리는 카드?"

"눈치 빠르네."

해결의 방법은 보이지 않는다.

철저한 점조직이기에 잡아 봐야 업소 하나 정도이고 바뀌는 건 없다.

"매년 시신으로 발견되는 제인 도는 어마어마하지."

하지만 그걸 다 추적할 수는 없다.

"그래서 거기에 배치하는 건 진짜 해결하기보다는 그냥 버려지는 카드라는 느낌이 강해."

가 봐야 할 수 있는 것은 기껏해야 성매매 업소 한두 개 잡고 그 안에서 여자 몇 명 구출하는 정도다.

"그렇게 파견 마치고 오면 실적은 꽝이거든."

이미 다른 사람들은 한국에서 자리 잡고 몇십 배의 실적을 올린 후다.

"공조수사의 미끼지."

미국에 가면 공조수사 말고 다른 수사는 못 한다.

공조수사라고 해도 결국은 법률행위이다 보니 검사가 가서 할 수 있는 것은 연락관 수준의 일이지 사건에 대한 수사 같은 건 전혀 없다.

"공조수사라고 해서 뭐 영화처럼 같이 뛰고 총 쏘고 그럴 것 같지? 천만에."

그냥 중간에서 연락관 노릇이나 하면서 허송세월하는 거다.

"그나마 주요 부서 연락관 노릇이라도 하면 얼굴도장 찍고 승진 코스지. 하지만 성매매 부서 연락관? 진짜 아무것도 없다."

대놓고 말한다면 그들이 할 수 있는 것은 미국에서 요청하는 한국 출신 성매매 여성에 대한 신원 조회뿐이다.

그렇다 보니 아무리 노력해도 1개월을 있든 3년을 있든 그냥 성매매 사건 몇 개 그리고 인신매매 몇 개라는 거다.

"실적은 날아가는 거야."

"끄응."

"하지만 그렇다고 안 보낼 수는 없거든."

어찌 되었건 그 안에 한국 사람이 있는 건 사실이니까.

"검찰 내부에서 주요 파벌이 강력한 자기 라이벌을 제거할 때 많이 쓰는 방법이지."

미국과의 공조수사 파견이라는 허울 좋은 가면을 뒤집어 씌운 후 그냥 인생 끝내는 셈인 것이다.

"염병! 안 갈 수는 없나?"

"아니, 그건 무리고."

상명하복이 철저한 검찰이라는 조직. 그곳에서 명령을 듣지 않는다는 것은 사실상 검찰을 그만두겠다는 소리나 마찬가지다.

"허미, 그러면 어떻게 하냐? 나 검찰 때려치워야 하나?"

"아직은 안 돼."

아무리 오광훈이 공부를 열심히 했다고 해도 그의 법률 지식은 터무니없이 적다.

막말로 법률학과 2학년만큼도 안 되는 지식이다.

'그런데 변호사? 말도 안 되는 소리지.'

그의 가치는 검찰 내부에서 정보를 보내 주는 데에 있다.

"하아, 방법이 없는 건 아닌데."

"진짜? 뭔데? 어떻게 할까? 우리 부장을 담가 버릴까?"

"아니, 그건 아니야."

노형진은 고개를 흔들었다.

"그들의 예상에서 벗어나면 되는 거지."

"어떻게?"

"네가 그곳에서 어마어마한 실적을 올리는 거야."

"어마어마한 실적?"

"그래."

그들의 계획은 오광훈이 그곳에서 실적을 쌓지 못하고 나가떨어지는 것이다.

그러니 그가 충분한 실적을 쌓아 올린다면 도리어 그들로서는 어마어마한 부담이 될 수밖에 없다.

"어…… 나는 미국 잘 모르는데?"

"미국만 모르겠냐?"

영어도 단 한마디도 못 하는 게 오광훈이다.

그가 조사를 하고 실적을 쌓아 올리기를 바라는 것은 무리다.

"하지만 이미 알고 있는 거라면 이야기가 달라지지."

"이미 알고 있는 것?"

"그래, 이미 알고 있는 것."

노형진은 묘한 표정을 지었다.

"내가 하나 알고 있거든."

미국은 생각보다 인신매매가 성행한다.

그건 알려지지 않은 사실이다.

"그럴 수밖에 없지. 미국은 경찰의 통제력이 아주 강한 편이 아니거든."

"무슨 소리야? 미국의 경찰력은 충분하지 않아?"

"그래, 미국의 경찰력은 분명 한국보다 나아. 하지만 토지를 기준으로 판단하면 이야기가 달라지지."

"토지?"

"영토라고 해야겠네."

인구당 경찰의 수. 그 숫자는 분명 미국이 한국보다 훨씬 많다.

그건 사실이다.

더군다나 무장도 충실하다.

그리고 보안관 같은 지원 시스템도 잘되어 있다.

"그런데 영토의 넓이를 기준으로 보면 단속에 한계가 있다는 거지."

국민들이 살고 있는 대도시는 충분한 경찰력의 지원을 받고 있지만 사람이 별로 없는 지역은 모든 지역을 감시하는 게 불가능하다.

"미국 아래에는 멕시코가 있지. 그 아래에서 엄청나게 많은 밀입국이 벌어져."

"그건 나도 많이 봐서 알아."

오죽하면 미국의 일부 지역은 영어를 몰라도 멕시코 언어인 스페인어를 알면 살 수 있을 정도다.

"그런데 그런 사람들이 국경을 당당하게 통과하겠어?"

"그럼?"

"보통 가장 많이 쓰는 방식이 사막을 횡단하는 것과 토굴을 이용하는 거야."

사막을 횡단하는 것은 위험하다.

아무리 나침반을 가지고 있다 해도 사나운 들짐승도 많고 아차 하면 열사병으로 죽을 수도 있는 데다가 길이라도 잃어버리면 그대로 말라 죽기 십상이다.

"대신에 돈이 별로 안 들지."

지도 하나 그리고 나침반과 충분한 여행 준비를 하는 데 들어가는 돈은 그다지 많지 않다.

그리고 그걸 알기에 미국은 멕시코 국경에 많은 카메라를 두고 감시한다.

"그래서 확률이 낮아. 그리고 다른 방법은 마른 발 젖은

발이야."

"뭔 발?"

"미국의 법률 시스템을 이용하는 거지."

배를 이용해서 바다를 돌아서 미국으로 들어가는 것.

그걸 이용하는 것이다.

물론 사막을 도는 것보다는 돈이 훨씬 많이 든다.

"하지만 아무래도 바다는 국경보다 감시가 쉽지 않지."

카메라를 달 수도 없고 순찰도 힘드니까.

레이더만 잘 피할 수 있다면 가능성도 훨씬 높다.

"그런데 그 발이라는 건 뭐야?"

"미국의 법률적 허점이라고 해야 할까?"

배에 타고 있을 때, 그러니까 바다에 있을 때 체포되면 미국은 그 대상을 묻지도 따지지 않고 무조건 추방할 수 있다.

배를 타는 가격이 싸지 않은 것을 생각하면, 걸리면 그냥 망하는 거다.

"하지만 마른 발, 그러니까 배에서 내려서 제대로 땅을 밟는 순간 그는 미국의 법률적 지원 대상이 되도록 되어 있어."

즉, 그를 쫓아내고 싶다면 무조건 추방 명령을 내리는 게 아니라 정식으로 그를 기소해야 하며, 그는 미 정부에 국선 변호인을 요구할 수 있고, 작심하고 끌면 4년이고 5년이고 소송을 끌 수가 있다.

길면 10년까지도 갈 수 있는 경우도 있다.

이것이 삶이다

"그리고 그때쯤이면 그들은 충분한 돈을 벌지."

"무슨 뜻인지 알겠네. 그 뭐냐, 그 전에 중국 대사관 사건 같은 거구나."

"아…… 그 사건."

노형진은 씁쓸한 표정이 되었다.

중국 대사관에서 벌어진 탈북자 사건.

일단의 탈북자들이 한국 대사관을 향했다. 당연하게도 중국 공안은 그들을 체포하려고 달려들었다.

그런 일은 흔하게 있는데도 불구하고 뉴스화까지 된 건, 그 사건 당시에 다섯 살짜리 어린 딸을 한국 대사관 안으로 밀어 넣은 어머니는 결국 중국 공안에게 끌려가 북송되었기 때문이다.

"그래, 그런 거지."

한국 대사관에 들어가는 순간 그곳은 한국 땅이다.

그러니 일단 그 안에 들어선 어린 소녀는 살 수 있었지만, 그 앞에서 그 아이의 어머니는 중국 공안에 끌려가 결국 죽음을 맞이해야 했다.

선 하나로 운명이 바뀌는 것이다.

"흠, 그런데 그거랑 무슨 관계야?"

"아니, 설명하다가 딴 곳으로 샌 것 같다. 하여간 그게 가장 흔한 방법이야. 그리고 다른 방법이 하나 더 있지."

"어떤 거?"

"북한이 한번 써먹었던 방법. 토굴."

노형진의 말에 오광훈은 눈을 찌푸렸다.

토굴이라니? 그건 생각도 못 한 방법이었기 때문이다.

"그게 가능해?"

"가능하다 정도가 아니야. 멕시코에서 미국까지 얼마나 많은 토굴이 있는지는 미 정부도, 심지어 멕시코 정부도 몰라."

"헐?"

"심지어 미국에서 파는 걸 멕시코에 배달할 때 쓰는 토굴도 있다더라."

"헐, 뭐 치킨이라도 배달한대?"

"정답."

갑자기 오광훈은 고개를 끄덕거렸다.

"역시 치느님이라고 해야 하나?"

"헛소리하지 말고."

"하긴, 안전하기는 하겠네."

안전하기는 하다.

양쪽 정부도 모르고 지역 경찰도 모른다.

카메라를 설치할 수도, 감시할 방법도 없다.

"거기에다 거기를 통해 올 때는 미국 쪽에도 사람이 붙거든."

그들은 토굴 입구를 지키고 있다가 경찰이나 기타 수상한 사람들이 나타나면 바로 연락해서 오지 못하게 한다.

그래서 미 정부도 토굴을 이용한 밀입국을 제대로 막지 못

하고 있다.

"현재 미국에서 불법체류 중인 대다수의 사람들은 그런 식
으로 밀입국한 사람들이야."

"뭐? 대다수의 사람들?"

"멕시코에 들어가는 게 쉬울까, 미국에 들어가는 게 쉬
울까?"

안 그래도 깐깐했던 미국 입국이다.

그런데 9.11 테러 이후에 미국의 입국허가는 무척이나 까
다롭게 변했다.

미국에 관광 비자로 입국해서 몰래 취업해 버리는 건 이제
쉬운 일이 아니다.

"하지만 멕시코는 접근이 쉽지. 거기에다가 멕시코 아래
의 소위 남미 지역은 가난한 나라들이 많아."

그들은 멕시코를 통해 지하 터널을 이용해서 미국으로 밀
입국한다.

"으음······."

"한국이라면 불가능한 일이지."

땅이라고 해 봐야 북한과 연결된 곳뿐이니까.

말이 삼면이 바다라고 표현할 뿐이지 사실 한국은 섬과 같
다고 보면 된다.

대륙에서 접근할 방법이 없으니까.

"그래서 그거랑 나랑 무슨 관계가 있는데?"

"그런 터널을 설마 동네 아저씨가 심심해서 파겠냐?"

당연히 멕시코의 갱단이 그 터널을 이용하기 위해 팠을 수밖에 없다.

애초에 터널을 판다는 것 자체가 작은 규모의 집단은 꿈도 꾸지 못할 일이니까.

"그 말은 그들이 그곳을 다른 목적으로도 쓴다는 거지."

"다른 목적이라······."

분명 그곳을 통한 밀입국은 돈이 되는 장사다.

하지만 그것보다는 그곳을 통해 마약을 팔거나 하는 것이 훨씬 돈이 된다.

"그거랑 나랑 무슨 관계야?"

"너는 인신매매를 수사하러 가는 거잖아."

"그거야 그런데······ 설마?"

오광훈은 노형진의 말에 움찔했다.

인신매매에 생각이 미쳤기 때문이다.

생각해 보면 인신매매도 적지 않은 돈이 되는 일이다.

"그래, 내가 노리는 건 그쪽이야."

인신매매는 심각한 범죄다.

그러나 남미 쪽에서는 그런 일이 흔하게 벌어진다.

'그리고 그렇게 인신매매된 아이들은 미국으로 팔려 오지.'

노형진이 미국을 인권 국가로 생각하지 않는 가장 큰 이유.

그것은 미국이 그러한 인신매매된 아동, 특히 여아들의 최대 소비처이기 때문이다.

"으음…… 무슨 뜻인지 알겠다."

다른 곳이라면 모르지만 인신매매와 관련해서 터널 몇 개만 발견해 낼 수 있다면 어마어마한 실적이 될 것이다.

"그거면 부장 새끼도 찍소리 못 하겠네."

"그 정도로는 부족할걸."

"응?"

"내가 노리는 건 역인신매매거든."

"그건 또 뭔 소리야?"

"출구를 입구로 쓰지 말라는 법은 없잖아."

노형진은 차분하게 말했다.

하지만 오광훈은 여전히 이해가 가지 않는다는 얼굴이었다.

"도대체 뭔 소리냐?"

"미국이 최대 소비처야. 하지만 그 말이, 멕시코에서 인신매매 피해자들을 소비하지 않는다는 것은 아니지."

노형진이 기억하는 사건. 멕시코 갱단인 디 플로트.

"그들이 저지른 일이 있지."

그동안 미 정부는 멕시코 갱단이 터널을 통해 마약을 공급하고 아이들을 데리고 오는 것은 알고 있었다.

"소문에 따르면 디 플로트는 그것도 하지만 반대로 미국 내에서도 납치를 한다고 해."

"미국 내 납치라고?"

"금발 백인에 대한 소비는 국제적인 규모니까."

디 플로트는 미 전역에서 납치한 18세 이하 소녀들을 그곳을 통해 멕시코로 넘긴 후 다시 전 세계로 팔아넘기던 조직이다.

지금까지 국내의 실종에 대해 그다지 신경 쓰지 않던 미국으로서는 심각한 문제에 직면한 셈이다.

"내가 노리는 게 그거야. 네가 그쪽을 파고드는 거지."

지금까지 알려지지 않은 범죄, 그것도 초대형 범죄 조직이다.

그러니 그들을 소탕하면 실적은 어마어마할 테고, 오광훈을 키우기 싫어서 쫓아 보냈던 일파는 기겁을 할 것이다.

"그게 쉬울까? 그들은 멕시코 조직이잖아."

노형진은 고개를 흔들었다.

"멕시코 쪽과 연계되어 있는 건 맞지만 멕시코 조직은 아니야."

"뭐?"

"생각해 봐. 멕시코 조직이면 그렇게 전국적인 납치 및 판매 라인을 구성하는 게 쉽겠어?"

얼굴이 딱딱해지는 오광훈.

"도대체 어떤 일이 벌어지고 있는 거야? 그리고 넌 그걸 어떻게 안 거고?"

"그건 이제 알아봐야지. 그리고 이건 내가 회귀 전에 알던 정보고."

"너 한국에서 활동하지 않았어?"

"미국에서 잠깐 활동했어. 그때 알았던 정보지."

노형진은 느긋하게 말했다.

"쩝, 난 그런 것도 전혀 기억이 안 나는데."

"너랑 나랑은 입장이 다르니까."

회귀라고 하지만 노형진은 미래에서 과거로 왔고 그는 과거에서 미래로 왔다.

그러니 아는 게 다를 수밖에 없다.

"그리고 내 기억이 맞으면 그들이 막 활발하게 활동할 시점일 거야."

수사관이 알아차리고 그들을 수사하기는 하지만 그들을 제대로 체포하는 데 걸린 시간은 무려 10년이었다.

"너 나보고 영웅이 될 생각 없느냐고 했지? 아마 이런 건 수면 충분히 영웅이 될걸."

그러는 사이 택시 기사는 힐끔거리면서 노형진과 오광훈을 바라보았다.

보아하니 무슨 이야기를 하는지 못 알아들어서 그런 모양이었다.

"도착했습니다."

택시 운전기사는 목적지에 도착하자 차를 세웠고, 노형진과 오광훈은 천천히 차에서 내려서 건물로 올라갔다.

"여기가 공조수사 본부다 이거지."

"그렇지. 하지만 기대는 하지 마."

"아무리 그래도 어떻게 기대를 안 하냐? 진짜로 여기에는 각국에서 온 정의의 수호자들이…… 씨발?"

엘리베이터가 열리면서 보이는 장면에 오광훈은 눈을 크게 떴다.

그럴 수밖에 없는 게 그가 기대한 것은 영화나 미국 드라마처럼 정의감이 넘치는 검사들이나 수사관들이 이리저리 뛰는 모습이었는데, 정작 그의 눈에는 반쯤 썩은 동태 눈깔을 가진 사람들이 흐느적거리는 것밖에 안 보였으니까.

"어떻게 된 거야?"

"내가 말했잖아, 실질적으로 좌천이라고."

노형진은 어깨를 으쓱했다.

그렇게 능력 있는 사람이라면 여기 오지 않으니까.

'웃긴 일이지.'

말이야 그럴듯하게 하지만 제대로 된 지원이 없는 부서가 바로 이런 공조수사 부서다.

그러니 제대로 일하는 게 쉬울 리가 없다.

'현실과 이상의 괴리.'

노형진은 그렇게 평했다.

그럴 수밖에 없다.

그들이 여기 올 때 꾼 꿈이나 희망은 여기서 갱단에 고통받는 자국 내 여성들을 구출하는 것이었겠지만, 현실은 여기서 체포당하는 자국 출신 매춘부의 신원 확인밖에 없으니까.

"어서 오세요!"

벙 찐 표정의 오광훈에게 한 남자가 웃는 얼굴로 다가왔다.

"인신매매 수사 전문 팀에 오신 것을 환영합니다."

그가 하는 말을 오광훈은 못 알아듣고 멀뚱하게 바라보았다. 영어니까.

"감사합니다. 아직 이분이 영어를 잘 몰라서요."

"네? 아, 네……."

젊은 남자는 씁쓸한 표정이 되었다. 그럴 수밖에 없었다.

명색이 공조수사다. 당연히 영어는 기본으로 깔고 들어가야 하는 곳이라는 소리다.

그런데 영어 한마디 할 줄 모르는 사람을 보냈다는 것은 이곳에 대한 기대가 그만큼 낮다는 뜻이다.

"저는 필 모리스라고 합니다. 이곳에 온 지 1개월 되었습니다."

"이쪽은 오광훈 검사님입니다. 한국에서 왔습니다. 저는 노형진이라고 하고, 한국에서 변호사를 하면서 동시에 통역으로 왔습니다."

"네?"

필 모리스는 고개를 갸웃했다. 뜬금없는 말 때문이었다.

통역은 둘째 치고 변호사라니?

"변호사가 여기에는 왜요? 거기에다 한국 변호사라면 여기서 할 일이 없을 텐데요."

그는 고개를 갸웃했다.

하지만 노형진은 대답하는 대신에 그런 그를 미소를 지으며 바라보았다.

'이 사람이 바로 그 사람이군.'

필 모리스. 말 그대로 좌천된 검사다.

하지만 노형진이 그를 기억하는 이유는 그가 노형진이 기억하는 그 사건, 디 플로트 사건을 해결한 사람이었기 때문이다.

'이때쯤부터 일하는 건가?'

"좀 분위가가 안 좋지요?"

사실상 좌천임에도 불구하고 실실 웃는 그를 보면서 노형진은 입맛을 다셨다.

'젊은 사람인데 말이지.'

그는 소위 말하는 열혈 검사다.

그런 그가 좌천된 이유는 노형진도 잘 모른다.

하지만 그는 믿을 만하다는 걸 알고 있었다.

"그런데 변호사님은 왜 여기에 오신 겁니까? 이런 말씀 드리긴 죄송하지만 변호사님이 수사에 끼어들 수는 없거든요."

"알고 있습니다. 하지만 미국에는 외부 인력에 지원을 요청하는 방법이 있지요."

"그건 그런데요, 그렇다고 해도 뭘 해 드릴 수 있는 게 없는데요?"

필 모리스는 고개를 갸웃했다.

한국 변호사에게 미국이 도움을 요청할 일이 없었으니까.

하지만 노형진의 말에 이내 관심을 가질 수밖에 없었다.

"사실은 제가 인신매매에 관한 중요한 증거를 가지고 있어서요."

"인신매매에 관한 중요한 증거요?"

"정확하게는 소문입니다만, 제가 할 수 있는 게 없어서요."

노형진은 그렇게 말하면 옆에 있는 오광훈을 툭 쳤다.

"이분이 저를 도와주시기로 했습니다. 미국 내 소문이라서 제가 어찌할 수 없는데 마침 관련 사건으로 파견된다고 해서 통역으로 자원했습니다."

"소문을 한국에서 들으셨다고요?"

"네. 저희 로펌이 국제적 지원을 하거든요. 각국에 지점도 있고요, 새론이라고."

"새론이라……. 저는 잘 모르겠습니다만."

하지만 관련 정보가 있다면 나쁘지는 않았다.

"일단 저랑 이야기를 해 보시죠. 안으로 들어오세요."

먼저 앞서가는 필 모리스.

오광훈은 그를 따라가려는 노형진을 붙잡았다.

"쟤 뭐라냐?"

"응?"

"아니, 무슨 말을 그리 길게 해?"

"너 졸라 잘생겼대."

"뭐, 그런 당연한 이야기를, 험험."

자신 있는 얼굴로 앞장서서 가는 오광훈을 본 노형진은 피식 웃을 수밖에 없었다.

이 새끼, 운발 캐릭이네

"그 말이 사실입니까?"

필 모리스는 심각한 얼굴로 말했다.

그럴 수밖에 없는 게, 기존과는 완전히 다른 판단이었기 때문이다.

"미국에서 사람을 납치해서 외국으로 빼돌린다고요?"

"설마 그런 조직이 있다는 걸 전혀 모르고 있었나요?"

"네."

"이런."

아마도 필 모리스가 아직 사건을 인지하기 전인 모양이다.

'뭐, 상관없겠지. 시기로 보면 조만간 인지할 시기니까.'

노형진은 잠깐 생각하다가 눈을 찌푸렸다.

필 모리스야 그렇다고 쳐도 미 정부는 그래서는 안 된다.

"그러면 말이 안 되는데요. 죽음의 천사들이 있지 않습니까?"

"죽음의 천사들요?"

필 모리스는 왠지 씁쓸한 표정을 하더니 목소리를 낮췄다.

"공식적으로 미국에 그런 조직은 없습니다."

"공식적으로'는' 말이겠지요."

노형진은 그의 말을 살짝 정정해 줬다.

'공식적으로'와 '공식적으로는'은 전혀 다른 이야기다.

'모를 리가 없지.'

노형진 스스로가 그 죽음의 천사들과 함께 일하지 않았던가?

그들은 미국 내에서 납치당한 아이들을 구출하는 조직이다.

한국에서 한번 같이 일했다.

'즉, 미국 내 납치는 미국도 인지하고 있다는 소리지.'

문제는 그걸 해결하기 위한 부담이 크다는 거다.

아무리 갱단이라곤 하나 미국의 민간인이 외국에 가서 해당 국가의 국민을 살해하고 구출 작전을 벌인다는 건데, 영화에서는 영웅적일지 몰라도 정치적으로는 아주 곤란한 문제다.

'더군다나 그들을 데리고 오는 것도 부담이고.'

데리고 오려면 올 수는 있겠지만 그들을 데리고 오기 위해서는 온갖 정치적 협상을 해야 하고, 또 그 나라와 공조를 해야 한다.

이것이 법이다

정치적으로 상당히 힘들고 그 나라에 빚을 지는 행위다.

'그러니 모른 척한다……'

노형진은 상황을 대충 눈치챘다.

하긴, 죽음의 천사들도 구출하는 대상은 오로지 아동에 한하지 성인 납치 피해자들은 구하지 않는다.

"인지 자체는 하고 있다는 거군요."

"미국이라는 나라가 워낙 실종자가 많으니까요."

필 모리스는 안타깝다는 듯 말했다.

그의 말대로 미국은 매년 어마어마한 수의 실종자가 발생한다.

아동 실종자는 앰버 경고니 어쩌니 하면서 난리가 나지만 성인이 되면 상대적으로 그러한 보호에서 많이 벗어난다.

"아마 제가 봤을 때는 그들이 그 라인을 통해 여성을 판매도 할 겁니다."

"양방향이라는 거군요."

"저라도 그렇게 하겠습니다."

해외에서 납치한 여성을 비싸게 팔고 또 미국에서 납치한 여성을 해외에 비싸게 판다.

인신매매를 하는 조직이 애국심 따위를 가지고 있을 리가 없으니까.

"곤란하네요."

"어째서요?"

"이건 지원이……."

필 모리스는 긴 한숨을 내쉬었다.

하지만 이내 사실을 말하기 시작했다.

여기서 감춰 봐야 그가 해 줄 수 있는 것은 아무것도 없었으니까.

"사실상 우리 수사 팀에 대한 지원은 거의 없습니다. 그래서 갱단이 포함된 사람들이라면 우리의 힘만으로 제압할 수가 없습니다."

정부 입장에서는 공조라고 발표했지만 결국 그냥 신원 확인소 같은 것이니 지원이 제대로 될 리가 없다.

"그리고 미 정부의 공식적인 입장은…… 아시죠?"

노형진은 고개를 끄덕거렸다.

공식적인 입장은 '그런 조직은 없다.'이니까.

'한국 정부도 마찬가지지. 하여간 공무원 새끼들은 더럽게 일 안 해요.'

한국 정부도 공식적인 입장은 '한국 내 장기 밀매 조직은 없다.'이다.

노형진이 발견해서 날려 버린 조직이 분명 존재하는데도 말이다.

'말인지 막걸리인지.'

노형진이 긴 한숨을 쉬자 오광훈은 노형진의 옆구리를 쿡 찔렀다.

"야, 뭐래?"

"사건이 중요하기는 한데 여러 가지 정치적 이유로 정부 지원은 힘들 거래."

"뭐? 뭐 그딴 개소리가 있어? 미국은 뭐 정의로운 나라 아냐?"

"정의? 다른 곳은 몰라도 미국은 전혀 아닐걸."

"하지만 국민들을 구하자고 막 특공대 보내고 그러는 곳 아니었어?"

"그건 영화라니까."

미국이 실제로 그러는 경우는 드물다.

애초에 그런 행동은 심각한 외교적 결례에 들어간다.

"외부에 드러난 정치적 사건이라면 그렇게 하지. 하지만 말이야, 드러나지 않으면 야금야금 덮는 건 어떤 나라 정치인들이나 마찬가지야."

다만 한국과 다른 건, 한국은 드러난 것도 덮으려고 한다는 거다.

최소한 미국은, 드러난 사건은 공격적으로 해결하려고 한다.

"이걸 드러나게 할까요?"

"그건 안 좋은 생각입니다. 이게 드러나면 그들은 분명 지금 쓰고 있는 곳을 폐쇄할 겁니다."

"끄응, 그러면 입구에서 지키고 있는 건?"

"전에 말씀드렸다시피 입구에는 경비조가 있습니다."

그리고 그렇게 털어 낸다고 해도 결국 그들은 말 그대로 잔챙이일 뿐이다.

　진짜 중심이 되는 조직원들은 못 잡는 셈이다.

　'디 플로트는 규모가 절대 작지 않지.'

　심지어 그 멤버 중에는 지역 경찰 고위 간부까지 있다.

　어떤 식으로든 수사를 시작하면 알아차릴 수밖에 없다.

　'그래서 10년이나 걸린 거겠지.'

　걸리지 않게 조심해서 관련자들을 모조리 털어 내는 것.

　그게 쉽지 않았다.

　"끄응……."

　필 모리스는 고민이 많은 눈치였다.

　하긴, 몰랐다면 모르되 알게 된 이상 그냥 넘길 수는 없는
상황이니까.

　'보스가 누군지 알고 있기는 하지만…….'

　지금 그를 공개할 수는 없다.

　더군다나 공개한다고 해도 중하위직은 어디 있는지 모른다.

　그들을 잡아야 실질적으로 박멸하는 셈이다.

　"그래서 말인데요, 오광훈 검사와 필 모리스 검사님이 미
정부에 공식적으로 지원을 요청하는 게 좋을 것 같습니다."

　"네? 하지만 거절당할 겁니다."

　"거절당하라고 하는 겁니다."

　"네?"

　필 모리스는 깜짝 놀랐다.

거절당하기 위해 미 정부에 지원을 요청하라니?

"거절당하면 저희 쪽에서 지원을 해 드릴 수 있습니다. 정확하게는 돈을 빌려드릴 수 있습니다."

"돈을 빌려주신다고요?"

"네, 전 마이스터의 한국 대리인이거든요. 당연히 미국 대리인과도 연이 있지요."

생각지도 못한 이야기가 나오자 필 모리스의 얼굴에 당장 고민이 어른거리기 시작했다.

"그 말씀은, 그들의 움직임을 아신다는……?"

"그래서 드리는 말씀입니다."

"으음……."

필 모리스는 한참 침묵을 지켰다. 자신이 마음대로 하기에는 너무나 큰일이니까.

하지만 이내 마음을 굳혔다.

자신의 침묵이 길어질수록 피해자들이 더 많아질 거라는 데에 생각이 미친 것이다.

"자세한 계획을 들을 수 있을까요?"

"일단 제 계획은 두 분을 여기서 빼내는 겁니다."

"네?"

"부정은 하지 않겠습니다. 여기는 좌천이죠. 안 그런가요?"

필 모리스는 얼굴에 씁쓸한 미소를 떠올렸다.

노형진의 말이 맞다.

강력 사건도 아니고 성매매 사건이나 추적하는 좌천이 맞으니까.

"맞습니다. 좌천이죠."

"그건 한국도 마찬가지입니다. 말로는 공조수사라고 하면서 영어 한마디 할 줄 모르는 검사를 보낸다는 게 말이나 된다고 생각하십니까?"

"야, 갑자기 내 귀가 겁나 가려워."

"누가 너 욕하나 보다."

"그런가?"

옆에서 뜬금없이 귀를 후비적거리는 오광훈.

그걸 보고 필 모리스는 고개를 끄덕거렸다.

"뭔 뜻인지는 알겠네요."

오광훈이 검사로서의 능력이 어떤지는 모른다.

하지만 미국 검사인 자신도 좌천된 이 자리에 영어도 못하는 한국의 검사라니.

"그래서 드리는 말씀입니다."

좌천이라는 게 그냥 한직으로 밀어내는 것만 뜻하는 게 아니다.

그가 뭘 하고 싶어도 지원받지 못하는 것이 바로 좌천이다.

"실제로 인신매매 조직이 있는 걸 알고 그걸 조사하려고 하신 걸로 알고 있습니다."

물론 디 플로트와 다르게 그들은 미국 내에 반입만 하는 조직일 뿐이지만 말이다.

"그리고 그거, 거절당하셨다고 들었습니다."

"네, 그랬지요."

멕시코 소속 갱단인데, 그들을 잡기 위해서는 멕시코와 공조해야 한다.

그런데 미 정부는 자국 내 문제가 아니라는 이유로 거절했다.

'사실 멕시코에서 미국 내에 파는 건 자기들한테 그다지 큰 문제가 되지 않으니까.'

"그러니 그 부족한 부분을 돈으로 해결하자는 거죠."

"돈으로 어떻게 해결하자는 건지 모르겠네요. 그들은 갱단입니다. 무장은 기본적으로 가지고 있을 겁니다."

"압니다. 하지만 그들 이상으로 무장을 하고 있는 집단들이 있지요."

"그런 집단이 있다고요? 그것도 돈으로 움직일 수 있는?"

"네."

"하지만 그런 조직이 있을 리가……. 설마 민간 군사 기업?"

노형진은 고개를 끄덕거렸다.

민간 군사 기업. 미국 내에서 활동하는 합법적 용병.

"그리고 제가 인디언 민간 군사 기업과 면이 좀 있습니다."

정확하게는 노형진이 만든 인디언 군사 기업이다.

최초에는 지역 내 보물을 지키기 위해 만들었지만 돈이 될 게 별로 없는 인디언 보호구역의 현실상 대부분의 사람들이

이 새끼, 운발 캐릭이네  129

지속적인 활동을 하고 싶어 했고, 그래서 만들어진 것이 바로 인디언 민간 군사 기업 토마호크다.

애초에 토마호크라는 것이 인디언식의 던지는 도끼를 뜻하는 이름이다.

"그들이 일거리를 구하고 있지요."

"일거리라고요?"

"네."

만들어졌지만 사실 민간 군사 기업의 활동이 쉬운 건 아니다.

기존의 민간 군사 기업들이 워낙 확실하게 기득권층을 이루고 있는 데다가 인디언이라는 특성상 차별도 적지 않았기 때문이다.

"더군다나 민간 군사 기업의 수준도 문제죠."

다른 민간 군사 기업들은 군 내부에서 전문적으로 훈련받은 사람들로 이루어져 있지만 사실 토마호크는 그렇지 않다.

전문가들을 초빙해서 훈련을 하고 있기는 하지만 그러한 전직 특수부대원보다 아무래도 실력이 떨어지는 건 어쩔 수 없다.

"하지만 그들이라면 갱단은 충분히 제압 가능하지요."

"으음……."

갱단이 위험한 이유는 무기를 쓰기 때문이다.

하지만 무기를 쓴다고 해서 그들이 특수부대인 것은 아니다.

그들이 가진 소총은 경찰에게는 위협이 될지언정 작정하고 전투준비를 한 군대나 민간 군사 기업에 비할 바가 못 된다.

"민간 군사 기업을 통한 제압이라……. 잠깐만."

순간 필 모리스는 뭔가 생각이 났다.

"한국…… 한국……. 경호 업체를 통한 폭력 조직 진압 사건의 당사국 아닙니까?"

"경호 업체를 통한 폭력 조직 진압 사건?"

"네, 정부가 특정 지역의 치안을 포기하는 바람에 지역 주민들이 돈을 모아 경호를 맡겨서, 해당 지역의 폭력 조직을 경호 회사가 담당했던."

"아아, 그걸 아십니까?"

"네, 아주 유명한 사건이었죠."

그동안 치안을 경찰이 아닌 민간에 넘겼을 때 벌어질 상황을 추론한 영화는 몇 개 있었지만 현실에서는 처음이었으니까.

"국가 공권력의 부존재와 그로 인한 믿음 상실에 관해서 논문도 나왔죠."

"그래요? 하하하, 이거 참."

노형진은 머리를 긁적거렸다.

그럴 수밖에. 그걸 한 게 자신이었으니까.

물론 그건 경찰이 뇌물을 받고 제대로 일하지 않아서 자신이 판 함정이었지만 말이다.

"그걸 안다고 하니 대답이 빠르겠네요. 사실은 그 경호 작전을 준비한 게 접니다."

"네? 노 변호사라고요?"

"네."

"그러면 이번 것도?"

"이번 건 그때와는 다릅니다."

그때는 지켜야 하는 지역이 일부 지역이지만 지금은 미 전역이다.

더군다나 한국의 조폭이라고 해 봐야 결국 주먹질이 보통이고, 아무리 무장한다고 해 봐야 쇠 파이프나 사시미 정도의 근거리 무기가 한계다.

"하지만 미국은 아니죠. 그들에게는 소총이 기본 무기입니다."

어쩌면 대전차무기가 있을지도 모른다.

그런 조직을 그냥 경호원으로 대체할 수는 없다.

"그래서 민간 군사 기업인가요?"

"네. 그리고 전에 말씀드렸다시피 두 분은 영웅이 되셔야 합니다."

"영웅이라고요?"

"한국과 미국은 전혀 다르죠. 미국은 영웅에 대한 환상이 강합니다."

전문가는 미국이라는 나라가 역사가 짧아 역사적 영웅이 부족해서 현실에서 영웅을 찾는 성향이 강하다고 한다.

그래서 미국의 코믹스들에서 영웅들이 많은 거라고도 이

야기하고.

"하지만 한국은 영웅이 나오면 묻어 버립니다."

"묻어 버린다고요?"

"낭중지추라고 하지요. 한국은 주머니에서 튀어나온 송곳을 무척이나 싫어합니다."

그래서 튀어나온 송곳을 절단기로 잘라서 못 쓰게 만들어 버린다.

"하지만 미국은 그게 아니니까요. 만일 두 분이 돈을 빌려서 이 문제를 해결한다면 무슨 일이 벌어질지 예상하는 거야 어렵지 않지요."

전 미국에서 후원이 넘쳐 날 것이고 당연히 미 정부에 해당 채권을 갚으라고 압박이 들어갈 것이다.

미국은 드러난 문제에 대해서는 빠르게 움직이는 편이다.

"우리가 돈을 갚을 필요는 없겠군요."

"그렇지요."

그리고 미 검찰에서 필 모리스의 입지는 커질 테고 충분한 지원이 이루어질 것이다.

"그리고 우리 오 검사는 한국으로 돌아가겠지요."

미국의 영웅이 된 오광훈.

그런 사람에게, 이런 잡무를 마냥 시킬 수는 없다.

게다가 한 번 해결한 이상 같은 문제를 또 해결할지 모른다.

'그리고 오광훈을 좌천 형식으로 여기로 보낸 작자들은 아

주 다급해지겠지.'

좌천시켰더니 점점 영웅이 되어 버리면 곤란하다.

그리고 노형진이 아는 검찰의 속성상 그 자리를 다급하게 자기네 파벌로 채우려고 할 것이다.

"그러면 빨리 움직여야 하는데요. 그게 가능하겠습니까?"

"가능합니다. 저희가 얻어 낸 정보에 의하면 분류 기지까지 알아냈다고 하거든요."

"분류 기지?"

"네."

분류 기지. 쉽게 말해서 이쪽으로 넘어온 사람들을 미국 전역으로 보내기 전에 한꺼번에 모아 두는 장소를 말한다.

"그리고 그곳에 이곳에서 잡혀간 사람들도 있지요."

필 모리스는 입술이 바짝바짝 말랐다.

이건 사실상 떠먹여 주는 기회나 마찬가지가 아닌가?

"바로 움직이지요. 그런데 돈은 언제쯤 나올까요?"

노형진은 웃으면서 카드를 꺼내 들었다.

"어디다 긁을까요?"

⚖️

필 모리스의 예상대로 지원은 거절당했다. 소문만 가지고 추적하기에는 쓸데없이 예산이 많이 든다는 소리와 함께.

"뭐든 소문에서 시작되는 거 아닌가?"

"맞아."

"그런데 저건 뭐지?"

"인정하기 싫은 거지."

오광훈에게 노형진은 느긋하게 말했다.

그들은 지금 트럭을 타고 있었다.

말이 트럭이지 장갑차나 마찬가지다.

보강을 통해 장갑차 노릇도 할 수 있게 만들었으니까.

"좌천된 사람에게 기회를 주기 싫다는 마음도 있고."

"에헤, 인간이 사는 곳은 다 똑같네."

"똑같지."

필도 최선을 다해서 설득했다.

하지만 상부에서는 그의 말을 믿지 않았다.

어쩌면 믿기 싫었는지도 모른다.

"우리는 도리어 땡잡은 거지."

그들이 도움을 거절한 덕분에 인디언 민간 군사 기업인 토마호크가 기회를 잡았다.

그 덕에 장기적으로 해외에서 활동은 못 하지만 토마호크가 미국 내에서 갱단과 싸우는 쪽으로 일을 받을 가능성이 높아졌다.

애석하게도 다른 민간 군사 기업들은 그쪽으로 손을 안 대고 있으니까.

그리고 그들은 노형진과 함께 그 중간 집결지로 가고 있는 중이었다.

"그런데 방송국까지 부르다니."

"팍스? 아, 거기는 이런 걸 좋아하는 집단이거든."

"그래?"

"그래."

언론이 중심을 잡고 저널리스트로서 아무런 편견이나 이념 없이 활동하는 게 가장 좋지만, 인간이 활동하는 조직이라는 특성상 그건 불가능하다.

"팍스는 그중에서도 우파적 성향이 강하지."

우파적 성향을 가지고 있고 애국을 강조하며 영웅주의를 추구하고 그와 동시에 남성적인 분위기를 가지고 있는 전국 채널이 바로 미국의 팍스다.

"그들이 이걸 촬영해서 뿌리면 전 미국이 난리가 날걸. 애초에 말했잖아, 너와 필 모리스를 영웅으로 만들 거라고."

"영웅이라……."

오광훈은 묘한 표정이 되었다.

하긴, 그는 그저 조폭이었을 뿐이다.

그런데 갑자기 되살아나더니 한국도 아닌 미국의 영웅이라니.

"그러면 늘씬한 금발 미녀가 나한테 육탄 돌격 같은 거 많이 하겠지? 이야, 콘돔을 박스로 사 놔야겠네, 이히힛."

이것이 법이다

갑자기 웃는 오광훈을 보고 노형진은 혀를 끌끌 찼다.

문제는 그게 실제로 일어날 가능성이 높은 일이라는 거다.

미국의 문화 특성상 하룻밤 관계를 진지하게 생각하지 않는 성향도 있는 데다가, 실제로 영웅이라고 하면 그런 행동을 할 사람들이 많은 것도 사실이다.

"어디 보자, 백자연 양 전화번호가……."

"어허! 쓰읍! 동지! 이러긴가? 여기 미국이야, 미국!"

"그래서?"

"나 스님 아니다."

"여기 찾았네. 요즘 국제전화 비용이 얼마더라?"

"아, 미안, 미안……. 내가 잘못했어."

결국 오광훈은 두 손으로 싹싹 빌었다.

노형진은 그걸 보면서 진지하게 말했다.

지금까지는 장난으로 대응했지만 그렇다고 해서 장난만으로 끝낼 상황은 아니다.

"너는 지금부터 영웅이 되어야 해. 쉽게 말해서 한국에서 날아온 영웅이라는 거지. 그래서 너랑 필 모리스 두 사람이 담보대출 형식으로 마이스터에서 돈을 빌린 거고."

"끄응……."

"그런 놈이 여자 끼고 다니다 걸려 봐. 그러면 어떻게 되겠냐?"

"어…… 미국은 그런 거 신경 안 쓸 것 같은데?"

"미국이야 신경 안 쓰겠지."

하지만 한국은 아니다.

한국에서 공무원에게 요구하는 청렴이라는 내용에는 여자 관계도 포함된다.

실제로 여자관계가 복잡한 공무원은 공무원의 품위 유지 의무 위반 사유로 징계 대상이기도 하다.

자기 일만 하면 이혼을 하든 바람을 피우든 그건 개인 사정으로 두는 미국과 완전히 다르다.

"더군다나 지금 너를 보낸 놈들은 너를 좌천시킨 놈들이 야. 네 실적 깎고 싶어서 눈을 뒤집고 있는 그놈들이 그걸 가 만히 보고만 있겠냐?"

아마도 일하라고 보냈는데 가서 여자들이나 후리고 다닌 다는 식으로 보고를 올릴 것이다.

"씨발. 진짜 머리 깎고 스님 되어야 하나. 필 모리스 이 개 객기."

자신이 고자 노릇을 하면 필에게 인기가 쏠릴 건 당연한 일.

거기에다 필은 미혼이고 검사라는 유망한 사람이다.

거기에다 미국 사람이니 그런 관념에서 자유롭다.

"선물로 콘돔 한 박스 사 줘야겠네, 바늘로 구멍을 뚫어서."

"뭔 큰일 날 소리를 해?"

노형진은 오광훈의 옆구리를 쿡 찔렀다.

"더 좋은 거 생길 테니까 걱정하지 말고 기다려. 그나저나 도착한 모양이다."

차량이 멈추는 걸 느끼고 노형진은 주변을 살폈다.

그리고 차에서 내리자 뜨거운 열기가 확 닥쳐왔다.

"여기에 중간 기지가 있다고요?"

"네. 저 언덕 두 개만 넘어가면 됩니다."

"음, 확실한 겁니까?"

"확실합니다."

"어떻게 확신하세요?"

'그거야 당신이 쓴 보고서를 봤으니까.'

그가 갱단의 존재를 인식한 것은 한 여자의 실종 사건 때문이었다.

매춘으로 조사를 하던 여성이 갑자기 실종되었다.

지역 경찰은 별거 아니라고 무시했지만 그는 그 사건을 추적했다.

'매춘부라고 해서 다 같은 조직이 아니었으니까.'

전형적인 금발 백인, 파란 눈의 매춘부. 조사 대상이던 그녀가 사라지고 추적을 하다가 그들과 마주친 게 필 모리스다.

'그리고 이미 사라진 후지.'

노형진은 이미 그녀에 대해 찾아봤다.

아나나 다를까, 그녀는 실종 상태였다.

필 모리스도 그녀를 안다고 인정했고.

'그리고 지역 경찰들은 신경도 안 썼지.'

돌아다니면서 매매춘을 하는 여자들은 많으니까.

즉, 시기적으로 보면 그들이 활동하는 시기는 맞다는 것이다.

그리고 그의 보고서에 따르면 납치된 사람들은 저곳에 있다고 했고 말이다.

"중요한 건 거기에 병력이 얼마나 있느냐는 건데."

물론 거기에 얼마나 많은 사람들이 있는지도 중요하다.

들이닥쳤는데 열 명 정도만 있으면 사회적 이슈를 불러오기 힘들다.

'결국 그건 운에 맡겨야지.'

아무리 이슈가 중요하다고 하지만 사람들이 팔려 나가기를 마냥 기다릴 수는 없으니까.

"일단 정찰 팀이 먼저 그곳으로 갔으니 곧 정보를 가지고 올 겁니다."

노형진은 차분하게 말했다.

정찰 팀이 정보를 가지고 온다면 그들을 체포하는 것은 어려운 일이 아니니까.

"일단 정보에 따르면 그곳은 외부에서 봐서는 농장입니다. 메인 건물이 있고 그 주변으로 소들이 다니기는 하지만 눈가림용이죠."

축사로 보이는 건물은 사실 감금 시설이다.

그리고 그 안에서 사람들을 분류해서 팔아 대는 게 그들이다.

"저기 정찰 팀이 오는군요."

노형진은 저 멀리서 다가오는 산악 오토바이를 보고 말했다.

불을 끄고 산악 오토바이로 접근했던 인디언들은 어렵지 않게 정찰을 마쳤다.

불을 켜 두면 외부의 어둠 속을 잘 못 보기 때문이다.

그런데 도착한 정찰 팀이 가지고 온 정보는 생각과 달랐다.

"텅 비었습니다."

"네? 그게 무슨 말씀입니까? 아무도 없다는 소리입니까?"

예상과는 전혀 다른 상황.

"네. 외부를 둘러보고, 아무도 없어서 조금 위험해도 창문으로 실내를 확인해 봤는데 정말 아무도 없었습니다. 사람들이 잡혀 있던 흔적은 있는데……."

"네? 그럴 리가 없는데요? 분명 여기인데?"

이곳은 미래에도 운영되는 곳이었다.

10년 후 필 모리스가 본진을 칠 때 가장 먼저 습격한 곳이 바로 이곳이었다.

즉, 그때까지 운영되어야 정상이라는 거다.

그런데 텅 비다니? 그건 불가능하다.

안 쓰는 시기라고 해도, 분명 관리인 정도는 남아 있어야 한다.

'뭐지? 정보가 샌 건가?'

노형진은 눈을 찌푸렸다.

하지만 그럴 가능성은 낮다.

정부에 지원을 요청할 때 갱단의 자세한 정보는커녕 이름
도 알려 주지 않았으니 거기서 정보를 빼돌렸을 리는 없다.

'토마호크도 내가 나서서 고용했으니 중간에 샐 곳이 없는데.'

그러면 다른 곳에서 새어 나갔다는 건데.

노형진은 주변을 둘러보았다.

아무래도 자신들을 도와줄 사람들이 한정된 상황.

이 상황에서 필 모리스가 도움을 청할 곳은 뻔했다.

"여기 누군가 중 한 명이군요."

"네?"

필 모리스는 당황해서 목소리를 낮췄다.

주변을 둘러보자 보이는 것은 토마호크 멤버들과 자신이
도움을 청한 지원자들, 그러니까 파견 나온 검사들뿐이다.

"설마요, 그럴 리가요! 다들 파견 나온 자들 아닙니까? 갱
단과는 선이 없을 텐데요."

노형진은 입술을 깨물었다.

보통은 없다.

'보통은' 말이다.

"하지만 생기지 말라는 법은 없지요."

"네?"

"어차피 좌천 아닙니까? 돌아가 봐야 어떤 일이 벌어질지
예상하는 건 어렵지 않으니까요."

좌천당해서 여기까지 온 사람들이다.

가 봐야 한직으로 쫓겨나는 거고, 운 나쁘면 검찰에서 잘 리는 거다.

즉, 여기에 온 순간 미래가 없다는 거다.

"그런데 누군가 접근한다면 안 넘어갈까요?"

"이런."

필 모리스는 아차 싶은 표정이 되었다.

노형진 역시 생각지도 못한 변수에 입술을 깨물었다.

'10년 전과 다른 것. 그건 사람이야.'

일반적으로 여기에 파견 나오는 기간은 2년.

그러니까 10년 후 이곳을 습격할 때 도와준 사람들은 지금 여기에 없다는 소리다.

당연히 다른 사람이 있는 거고.

"잠시만요. 오 검사랑 함께 다시 이야기를 해 보죠."

노형진은 오광훈을 불렀다.

물론 거기에 들어가 볼 수는 있다.

하지만 아무것도 없는 곳에 들어가 봐야 아무런 실적도 없다.

'도리어 위험하지.'

이런 경우 놈들이 그곳에 폭탄을 설치했을 수도 있다.

그들 역시 자신들의 일망타진을 노릴 테니까.

"그래서 도망갔다고?"

"그래."

"그러면 뭐야? 닭 쫓던 개가 된 거야?"

"그런 것 같은데 어쩐다."

노형진은 눈을 찌푸렸다.

이렇게 되면 자신들의 계획과 완전히 틀어진다.

걸린 걸 알았으니 분명 꼬리를 말기 시작할 테고, 그러면 당연히 미래와 달라질 테니 그들을 추적하는 것은 불가능해진다.

"그런데 누가 범인인지 모른다고?"

"그래. 분명 여기에 있는 파견 검사 중 한 명일 거라 생각하는데 누구인지 특정할 수가 없어."

물론 노형진이 기억을 다 읽으면 찾는 건 어렵지 않다.

문제는 그걸 인정하게 하는 것이다.

노형진이 기억을 읽었다고 할 수는 없으니 증명을 할 수가 없으니까.

"일단 들어가서 뭐든 찾아봐야 하지 않을까?"

"그건 무리야. 들어갔는데 폭탄이라도 설치되어 있으면 어쩌려고?"

"폭탄?"

"한국과 다르게 미국은 폭탄을 손에 넣을 수 있습니다. 일부 조직에는 파이프 폭탄을 만드는 법이 알려져 있고요. 실제로 범죄 조직은 자기네 아지트가 드러나면 경찰에 타격을 주기 위해 폭탄을 설치합니다."

그리고 이 정도로 텅 비어 있는 그곳에 들어갈 만큼 필 모리스는 바보가 아니다.

"흠."

오광훈은 잠깐 고민하더니 씩 웃었다.

"어떤 새끼인지 알 수 있을 것 같네."

"뭐?"

노형진은 눈을 찌푸렸다.

자신도 기억을 읽어 내지 못하면 찾을 수가 없는데 알 수 있다니?

"어쩌려고?"

"어쩌긴. 날 믿어. 나 오광훈이야! 대한민국 검사! 범죄자가 무슨 생각을 하는지 잘 알아."

"검사는 개뿔."

노형진은 뭐라고 하려다가 말았다.

다른 건 몰라도 그가 범죄자들의 생각에 정통한 건 사실이다. 범죄자 출신이니까.

"대충 의심이 가는 새끼가 있기는 하거든."

"누군데?"

"내가 보여 줄게."

"헐?"

한술 더 떠서 보여 준단다.

당장 노형진도 증거를 보여 줄 수가 없어서 기억을 읽지 않고 있는데 말이다.

그리고 오광훈의 행동은 파격적이었다.

"'검사님들, 여기 모여 주세요!'라고 영어로 말해 줘."

"얼씨구?"

"아, 빨리."

"그래그래, 알았다."

노형진은 그의 말대로 검사들을 모았다.

노형진은 그가 무슨 일장 연설이라도 할 줄 알았다.

그런데 뜬금없이 그가 한 행동은 트럭에서 몇 개의 소총을 가지고 와서 검사들에게 나눠 준 것이다.

"'지금부터 우리는 저기에 돌입합니다.'라고 말해 줘."

"미쳤냐? 저기는 위험해!"

"그래서 들어가는 거야."

그러면서 오광훈은 한쪽을 바라보았다.

"그냥 말해 줘. 대충 감이 오는 새끼가 있으니까."

"끙."

노형진은 어쩔 수 없다는 듯 고개를 끄덕거렸다.

그리고 그들에게 오광훈의 말을 그대로 통역해 줬다.

당연히 검사들은 당황했다.

"최초 돌입은 저기 훈련된 사람들이 하는 거 아니었나요?"

"그랬지요."

"그런데 우리가 돌입한다고요?"

"네."

"아니, 왜요?"

여기까지 와서 만에 하나라도 총격전을 벌이면서 싸우고 싶은 사람은 없을 것이다.

그런데 돌입이라니?

"보고로는 그들이 도망갔다고 합니다. 현재 추격조가 그들을 발견해서 추적 중이고, 병력은 그쪽을 추적할 겁니다."

"추격조?"

"그들이 도망갔다고?"

놀라서 서로를 바라보는 사람들.

"그들이 다급하게 도망간 이상 거기에는 그들이 남겨 둔 정보들이 가득할 겁니다."

"아!"

"그건 우리가 챙겨야겠지요?"

그 말을 통역해 주던 노형진은 오광훈이 뭘 노리는지 알았다.

'똑똑한 새끼.'

지금 도망간 거라면 폭탄이 설치되었을 가능성은 낮다.

물론 다들 그 말을 믿을 것이다.

한 명만 빼고 말이다.

"그러니까 우리가 돌입해서 정보를 챙깁시다. 추적은 여기 필 모리스 검사가 하기로 했으니까, 우리는 걱정하지 말고 실적만 챙기면 됩니다."

"그러면 이건요?"

"기자가 촬영 중 아닙니까? 그래도 그림 좀 만들어야 목소리라도 좀 내 보죠."

무장도 안 하고 터벅터벅 가서 서류만 챙기면 그냥 주워 먹었다는 소리를 피할 수 없다.

"그러니 그림 좀 만들어 봅시다."

그러면서 소총을 건네주는 오광훈.

그걸 보고 노형진은 살짝 걱정했다.

'너 미필이잖아?'

다른 나라에서 온 검사들은 능숙하게 무기를 받아 들었다.

그럴 수밖에 없는 게, 여기에 온 건 중국과 러시아 그리고 동남아 쪽 검사들인데 중국은 공산당 휘하에 있다 보니 소총 정도는 만져 볼 일이 있고 러시아 역시 그건 마찬가지다.

동남아는 반군도 있는 나라가 많아서 경찰도 소총을 다룰 줄 아니까.

다행히 오광훈도 주워들은 건 많은지 그럴듯하게 파지를 했다.

"자, 여기 받으세요."

오광훈은 아까 전 자신이 바라보던 쪽, 그러니까 일본 검사에게 다가갔다.

"어, 전 소총을 써 본 적이 없는데요."

"그냥 저처럼 잡으시면 됩니다. 어차피 총 쏠 일 없어요."

쭈뼛거리는 일본 검사에게 다시 한번 총을 내미는 오광훈.

그러나 일본 검사는 재차 손을 내저었다.

"아니, 저는 권총이면 충분합니다."

"그러면 그림이 안 나오는데? 그러면 이렇게 합시다. 그래도 그림은 나와야 하니 저랑 같이 선두에 서시죠."

"아니…… 그럴 필요야……."

"왜요?"

"전 그냥 후방에서 따라가겠습니다. 군사훈련을 받은 적도 없어서 자세도 잘 모르고……."

"다 그래요. 대충 영화 따라 한다 생각하세요. 이참에 영웅 한번 되어 봐야지요."

"아니요, 괜찮습니다. 전 총격전 같은 걸 겪어 보지 않아서……."

오광훈이 씩 웃었다.

"다 그렇다니까요. 선두에 서시죠?"

"전 그냥 빠지겠습니다. 일본 검사는 대중에 신분을 쉽게 노출하면 좀 곤란해서……."

극구 하지 않으려고 하지 않는 일본 검사.

그랬기에 그런 그가 범인이라고 예상하는 것은 어려운 일이 아니었다.

그리고 오광훈은 자기가 말한 대로 확실하게 그가 범인이라고 보여 줬다.

"그렇다면야."

어깨를 으쓱하는 오광훈.

다음 순간 그는 개머리판으로 검사의 얼굴을 후려쳤다.

"억!"

이빨을 허공에 날리면서 바닥에 쓰러지는 일본 검사.

오광훈은 그런 그에게 다가가 얼굴에 한 번 더 개머리판을 휘둘렀다.

"지금 뭐 하는 겁니까!"

"그만둬요!"

"스톱! 스톱!"

다들 다급하게 말리려는 찰나 노형진과 필 모리스는 그들을 멈춰 세웠다.

지금 상황에서 의심스러운 건 그였으니까.

"으어어……."

일본 검사가 허우적거리는 사이 오광훈은 능숙하게 수갑을 채우고 그를 포승줄로 묶어서 질질 끌고 가기 시작했다.

"그래, 가기 싫다고? 오냐, 나랑 같이 가자."

"으어어어!"

"왜 그렇게 앙탈이야? 내가 어디 못 갈 데 가냐? 그냥 빈 건물만 가자는 거야!"

"안 돼! 안 돼!"

"뭐라는 거야! 한국어 해! 한국어! 몰라? 그러면 같이 가는 거지, 뭐."

일본 검사가 몸부림쳤지만 오광훈은 멈추지 않았다.

도리어 몸부림치는 그를 붙잡고 어깨에 올렸다.

"앙탈은. 너도 좋으면서 왜 그래? 일본어로 뭐라더라? 기모치? 맞나? 좀 가만히 좀 있어 봐. 내가 아주 높은 곳으로 훨훨 보내 줄게. 아주 뽕 가게 해 준다니까. 아, 이거 대사가 너무 범죄 삘 나는데?"

'저거 일본어라고는 야동에서 나오는 것만 아는 거 아냐?'

노형진은 헛웃음을 감추며 그 모습을 바라보았고, 오광훈은 저항하는 그를 짊어지고 차로 다가갔다.

"실적이라고. 가서 건물 한 바퀴만 돌면 되는 거야."

"안 돼!"

"뭐라는 거야!"

거리낌 없이 차량 뒤에 그를 태운 오광훈은 차에 시동을 걸었다.

"어디 보자, 액셀에 고정 장치 하나만 해 두면 건물 안으로 굴러들어 가겠지?"

주변을 확인해서 나뭇가지 하나를 찾아 액셀에 고정하려고 하자 뭘 하려고 하는 건지 알아차린 일본 검사는 몸부림을 쳤다.

"제발 그만둬! 이봐요! 이 미친놈 좀 말려 줘!"

"지금 뭐 하는 겁니까?"

"저 사람 좀 말려요!"

총을 쏘자니 주변에 무장 병력이 많아서 그러지 못하는 검사들.

하지만 노형진의 말에 이내 입을 다물었다.

"저 안에 폭탄이 설치되었다는 정보가 있습니다. 누가 우리가 온다는 이야기를 한 것 같더군요."

그리고 검사들은 바보가 아니기에 그 누군가가 누구인지 예상하는 건 어렵지 않았다.

"그리고 보니 저 사람, 계속 후방에만 있지 않았어?"

"그러네. 돌입도 거절하고."

"아니, 애초에 작전에 별 관심도 안 보였어."

도와주러 왔으면 다들 총격전을 각오하고 오는 거다.

그런데 그는 어째서인지 총격전에 꺼림칙한 반응을 보였다.

그런 일이 별로 없는 일본 출신이라서 그런가 했지만, 생각해 보면 오광훈도 그다지 총격전이 있는 나라 출신인 것은 아니다.

"말려 줘! 제발!"

"폭탄 안 터지면 내가 정중하게 사과할게. 걱정하지 마. 아니다. 형진아, 번역 좀 해 줘라. 너의 가족은 내가 책임진다. 아니다, 그러면 안 되겠구나. 혹시 예쁜 여동생이라도 있으면 모를까. 너 혹시 예쁜 여동생 하나 있냐? 어? 누나는 일본어로 뭐라고 하지?"

"미친놈."

"이히힛!"

노형진은 진짜 미친놈이라고 생각했다.

아마 다른 검사라면 저런 미친 짓은 하지 않을 것이다.

'하긴, 오광훈이 미친 짓 하는 게 한두 번이야?'

아무리 전생했다고 하지만 본질은 조폭이다.

조용히 가만히 있다가도 수틀리면 미쳐 날뛰는 게 그의 본질이다.

"붐!"

뒷좌석에 일본 검사를 꽁꽁 묶은 채로 운전석에 타려고 하는 오광훈.

그러면 이대로 헛간으로 갈 테고, 거기서 내려서 액셀에 미리 준비한 작대기만 고정하면 차는 알아서 건물로 들어가는 거다.

"으아, 이 미친놈아! 거기 폭탄이 있다고!"

"폭탄?"

"지금 폭탄이라고 했어?"

다들 일본 검사의 말에 깜짝 놀랐다.

폭탄이 있다는 것. 그건 그가 배신했음을 스스로 인정하는 일이었기 때문이다.

"이 배신자 새끼야, 잘 구워지면 내가 유가족한테 알려 줄게, 영웅적으로 온몸으로 폭탄을 막았다고. 아, 그런데 시신은 남나? 안 남으면 뼈라도 하나 찾아서 줄게. 유언은? 아, 맞다. 나 일본어 모르지? 남기지 마라. 뭐라는 거야? 나 일본어 못한다니까. 낫 재팬? 이거 맞나? 아, 씨발, 몰라.”

아주 막나가는 오광훈.

그리고 이제 일본 검사는 아예 울고불고 난리가 났다.

“나야! 내가 정보 흘렸어! 살려 줘! 이 미친놈 좀 말려 줘! 그래! 내가 배신자야! 제발 살려 줘! 아는 거 다 불게! 제발 말려 줘!”

노형진은 그런 그를 물끄러미 바라보다가 오광훈에게 차분하게 말했다.

“광훈아.”

“응?”

“너 졸라 못생겼대.”

“이 씨발 롬의 새끼가!”

뒤통수를 후려친 오광훈은 마음이 바뀌었는지 뒷좌석에서 그를 내리고는 트렁크로 밀어 넣었다.

그리고 ‘쾅’ 소리가 나도록 트렁크를 닫은 뒤 몸을 돌려 열쇠를 들었다.

“그래서 이거 운전해 보실 분?”

“……?”

무슨 말인지 알아듣지 못했던 검사들은 약간 당황했지만, 이내 제스처로 이해했다.

만일 자신들이 돌입했다면 죽은 건 자신들이었다.

하지만 오광훈 덕분에 그들의 계획을 알아차렸고 트렁크

에는 그 원흉이 들어가 있다.

아마 차가 움직이기 시작하면 그는 공포에 벌벌 떨면서 몸부림칠 것이다.

그리고 운전석에서는 그 처절한 비명이 다 들릴 테고.

다들 검사라서 죽여 버릴 수는 없으니 소소한 복수인 셈이다.

"제가 하죠."

러시아 검사가 가장 먼저 나서서 오광훈의 손에서 열쇠를 낚아챘다.

오광훈은 씩 웃으며 문에서 비켜 줬다.

"잠깐, 옆자리 내 거."

"뒷좌석 세 개 남았으니까 다 타고도 남겠네."

일본 검사에게 이렇게나마 복수를 하고 싶은 건 다 마찬가지였는지 다들 우르르 차에 올라탔고, 러시아 검사가 시동을 걸자 트렁크에서는 처절한 비명이 울려 퍼졌다.

"으아아! 살려 줘! 제발! 뭐든 다 말할게! 으아아!"

심지어 필 모리스조차 슬쩍 뒷좌석에 올라타서 비명과 함께하는 드라이브에 동행했고 비명은 저 멀리로 멀어져 갔다.

뒤에 남은 노형진은 오광훈을 바라보면서 헛웃음을 지었다.

"어떻게 안 거야?"

"뭘?"

"저놈이 범인인 거 말이야. 난 전혀 몰랐는데."

"어떻게 알긴? 이런 상황에서는 무조건 범인은 일본 놈이야."

"뭐?"

"당연히 일본 놈이 범인이지."

"허."

그러니까 진짜 의심스러운 게 보여서가 아니라 투철한 반일 감정을 가지고 그냥 무조건 일본 사람을 찍어 본 것이다.

'소가 뒷걸음질 치다가 쥐를 잡아도 유분수지.'

안 그랬으면 진짜 국제적으로 심각한 문제가 생길 뻔했다.

"그래, 운 좋은 것도 실력이다."

노형진은 긴 한숨을 내쉬었다.

하지만 아직 이상한 점이 있었다.

"도대체 총 파지법은 어디서 배운 거야? 너 병역 미필이잖아."

군대도 가기 전에 전과를 달아서 군대를 못 갔으니까.

"예비군 훈련."

"예비군? 네가 무슨 예비군을, 아……."

전에 조폭일 때는 그런 게 없었겠지만 그는 현재 검사 오광훈이다.

당연히 예비군 훈련이 있을 것이다.

"이 새끼 완전 운발이네."

노형진은 진짜 운발 하나만은 끝내준다고 생각하면서 오광훈을 바라보며 눈을 찡그릴 수밖에 없었다.

현대판 히어로

"일본 검사가 다 불었습니다."

필 모리스는 긴 한숨을 내쉬었다.

"여기에 와서 3개월쯤 되었을 때 접근했다고 하더군요."

수사 자료를 빼 주는 대신에 충분한 보상을 하겠다고 말이다.

사실상 좌천되어서 여기까지 왔기에 답이 없는 상황에서 일본 검사에게 제시된 금액은 절대 적은 게 아니었다.

'어쩐지 아무리 그래도 그렇지, 10년이나 걸렸다 싶었다.'

무려 10년이나 숨어 다닌 놈들이다.

누군가 정보를 빼 주지 않으면 그럴 수는 없다.

아마도 그 습격 당시는 전에 정보를 빼 주던 자가 귀국했을 가능성이 높다.

"결국 그들을 체포하기 위해서는 새로운 정보가 필요한데⋯⋯."

필 모리스는 노형진의 눈치를 살폈다.

그럴 수밖에 없다.

일본 검사가 인정한 이상 노형진이 줬던 정보는 진실인 셈이니까.

그리고 자신이 멍청하게 구는 바람에 그 기회를 날려 버린 셈이었다.

"미안합니다."

"미안한 일이기는 한데⋯⋯."

노형진은 턱을 긁으면서 고민을 했다.

현재 상황은 바뀌었다.

'아마도 내가 아는 지점은 다 철수하고 있을 테지.'

한 지점이 드러났으니 당연히 그럴 것이다.

그들은 철저한 자들이니까.

'결국 아래에서 추적해서 올라가는 것은 불가능해질 거야.'

바보가 아닌 이상에야 관련 정보를 모두 폐기할 테니까.

"상부에서는 뭐라고 하던가요?"

"사건에서 손을 뗍니다."

"그래요?"

"별로 안 놀라시네요?"

"일본 검사가 꼈잖습니까?"

일본 검사가 변절했다.

그가 정보를 흘려서 갱단이 도피한 건 큰 사건이다.

'그리고 그걸 가지고 일본에 양보를 얻어 낼 생각이겠지.'

물론 갱단이야 계속 추적하겠지만, 그건 필 모리스가 아닌 다른 사람을 시킬 것이다.

"더군다나 그 갱단이 미국에서 납치했다는 증거는 전혀 없으니까요."

"그건 그렇지요."

"음......."

노형진은 곰곰이 생각에 빠졌다.

그리고 방법을 찾으려고 노력했다.

'아래에서 할 수 있는 건 없어.'

그리고 이제 와서 어떻게 잔챙이 몇몇 잡는다고 해도 두 사람이 영웅이 될 수는 없다.

그러면 오광훈이 마냥 여기에 잡혀 있어야 한다.

'그럴 수는 없지.'

오광훈은 노형진이 계획한 검찰 스타 계획의 핵심이다.

그러니 그가 여기서 잊히도록 둘 수는 없다.

그렇다면 방법은 하나뿐이다.

'절대 바꿀 수 없는 걸 노려야지.'

조직에서, 아래에서 일하는 사람들은 결국 부품일 뿐이다.

아무리 아래를 잡아도 위에서는 계속 사람을 고용해 채우면 그뿐이다.

하지만 위가 박살 나면 아래는 재생하기 힘들다.

"보스를 압니다."

노형진은 결국 보스를 노릴 수밖에 없다는 사실을 인정해야 했다.

"네? 그런데 그걸 왜 말씀 안 하셨습니까?"

"언제 보스가 증거를 남겨 두는 거 봤습니까?"

"그건 그런데……."

"제가 여기서 그에 대해 말했다면 그 사람에 대해 조사를 시작했을 테지요. 그리고 그 때문에 아마 필 모리스 씨는 커리어가 끝장났을 겁니다."

"네? 아니, 도대체 얼마나 위험한 사람이기에요?"

"심슨 머레이입니다."

필 모리스는 입을 쩍 벌렸다.

생각지도 못한 사람 이름이 튀어나왔기 때문이다.

"네? 그 사람 유명한 재력가 아닙니까? 자원봉사로 유명한 사람인데요. 아닙니까?"

"네, 맞습니다."

"아니, 그 사람이 보스라고요?"

심슨 머레이.

텍사스주의 유명 자원봉사 단체 '남부의 태양'을 이끄는 사람이다.

그는 밀입국자들의 인권 운동가이며 또한 빈민들을 위해

저가의 치료소를 운영한다.

그리고 수많은 배고픈 사람들을 위해 음식을 제공하기도 한다.

또한 남부의 태양을 통해 전 지역에서 남는 음식을 모아서 빈민들에게 나눠 주는 자원봉사를 한다.

"그래서 더 안전하죠. 누가 그가 보스라고 생각하겠습니까?"

"하지만 음식은…… 아…….."

그제야 필 모리스는 아차 싶었다.

"저들이 매년 데리고 오는 피해자들이 얼마나 될까요?"

그들을 먹이는 것도 일이다.

그리고 그들을 치료하는 것도 일이고, 그 정도 규모가 되는 조직이라면 그런 걸 사다 쓰거나 의료인을 부르면 범죄가 드러날 수도 있다.

"음식 공유라는 게 뭐지요? 결국 남는 음식물을 나눠 먹는 거 아닌가요?"

가령 빵집에서 만든 빵 중 하루가 지난 것들.

그리고 즉석 식품 코너에서 만든 것 중 이틀쯤 지나서 팔 수 없는 것들.

그런 걸 버리는 데에는 돈이 든다.

하지만 그걸 공유하면 버리는 사람은 음식 쓰레기 처리 비용을 덜고 가난한 사람은 생계를 이어 갈 수 있다.

그리고 지구적으로는 음식 쓰레기를 덜 수 있다.

쉽게 말해서 서로 윈윈한다.

"그리고 그건 추적이 불가능하죠."

버리는 거니까.

"그게 납치 피해자들에게 넘어가도 알 방법이 없지요."

"그…… 그런……."

더군다나 그는 밀입국자를 도와주는 사람이다.

그러니 누가 그를 의심하겠는가?

"거기에다 그에게는 사람을 나를 수 있는 트럭이 충분히 있지요."

"으음……."

남부의 태양 소속 자원봉사자 트럭.

공식적으로는 전 지역의 기부된 음식을 나르는 트럭이다.

"그걸로 사람을 나를 거라고, 그 누가 의심할까요?"

"이해가 안 가는데요."

"간단하게 말씀드리겠습니다. 그 사람, 재력가로 소문났죠? 그 돈이 어디서 오던가요?"

기업을 경영하는 사람도 아니고, 그렇다고 넓은 땅을 가진 사람도 아니다.

자기 스스로는 전문 투자자라고 소개를 하고 다니는데…….

"저는 마이스터의 한국 대리인입니다."

마이스터에서 심슨 머레이 정도의 큰손에 대해 모를 수는 없다.

물론 다른 기업에 투자할 수는 있다.

하지만 아무리 그렇다고 해도 심슨 머레이라는 투자자의 존재 여부는 확인해야 한다.

"하기는 하더군요. 대략 200만 달러 수준으로요."

"200만 달러요?"

"네."

한국 돈으로 치면 23억 정도.

"그 정도 재력을 가진 사람이 투자자로 이름을 떨칠 수는 없죠."

즉, 돈이 나오는 다른 구멍이 있어야 한다는 것이다.

"인원도 메꾸기 쉽지요."

진짜로 밀입국도 하기 때문에 그들을 데려다가 자기네들이 써먹어도 된다.

"심슨 머레이라고요……."

필 모리스는 신음을 흘렸다.

노형진이 한 말이 이해가 갔기 때문이다.

그는 정치적 인맥이 많은 사람이다. 필요하다면 자신 정도는 한 번에 날려 버릴 수 있다.

"그게 확실…… 아니, 확실하겠지요."

노형진이 심슨 머레이에게 무슨 억하심정을 가지고 거짓말을 할 이유는 없으니까.

"그러면 어쩌죠? 그를 잡아야 하는데."

영장? 턱도 없는 소리다.

아래부터 잡아서 증거? 이미 물 건너갔다.

'그래, 그게 문제지.'

원래 역사에서 필 모리스는 조용히 움직이며 심슨 머레이를 엮고 집결지 습격부터 심슨 머레이 체포까지 2주도 안 걸렸다.

그만큼 치밀하게 자료를 준비한 것이다.

'하지만 이제 그건 글렀다는 거지.'

노형진은 곰곰이 생각하면서 말했다.

"더군다나 노 변호사님 말씀대로라면 미국 갱단이라는 거 아닙니까?"

지금까지 지하 터널은 멕시코 갱단이 뚫어서 밀입국용으로 쓴다고 생각했다.

그런데 정반대 상황이다.

"그러면 지하 터널은 사유지 안에 있겠네요."

"정확하게 잘 아시네요."

그럼 영장이 없으면 접근도 못 한다.

그렇다고 몰래 접근하자니, 그건 증거로 인정받지도 못한다.

"끄응…… 방법이 없나……."

고민하는 필 모리스를 보다가 노형진은 한숨을 쉬면서 이야기했다.

"역으로 움직이죠."

"역으로요?"

"필 모리스 씨가 여기서 손을 떼는 겁니다."

"네?"

"오광훈 검사를 전면에 내세웁시다."

"아니, 그게 무슨 말씀입니까? 그분은 미국에서 수사권도 없는데요."

공조수사라고 해서 오광훈에게 미국 내에서의 수사권이 있는 게 아니다.

말 그대로 미국의 수사에 '협조'를 할 뿐이다.

그래서 그들이 할 수 있는 것이 연락선 정도였던 것뿐이고.

"그래서 그를 내세우자는 겁니다."

오광훈은 여기 검사가 아니다.

여기서 지랄을 한다고 해도 문제 될 게 없다.

물론 진짜 누명을 씌우는 거라면 정치적으로 심각한 문제가 될 것이다.

"하지만 그건 아니니까요."

당연히 미 정부에서는 거칠게 항의할 테고, 한국 정부는 오광훈을 한국으로 소환할 수밖에 없다.

"그사이 필 모리스 씨가 움직이는 거죠."

"제가 움직인다⋯⋯. 그러니까 오 검사님이 가면이 되는 거군요."

"네. 그게 목적입니다."

오광훈이 지랄 지랄 하면서 시선을 끄는 사이, 필 모리스
가 뒤에서 비밀을 캐는 것이다.

"그리고 그 일이 커지면 심슨 머레이는 부담을 느끼겠지
요. 그러면 사람을 팔지는 못할 겁니다."

"그건 그렇지요, 그들의 목적이 인신매매라면."

"그러면 어떻게 할까요?"

필 모리스는 입술이 바짝바짝 말랐다.

이런 식의 갱단은 대응법이 비슷하다.

자신들에게 부담이 되고 위험하다 생각하면 데리고 있는
사람들을 처리한다.

그게 그들을 풀어 준다는 소리는 아니다.

"아마도 처분하겠군요."

처분, 그러니까 죽여 버린다는 거다.

그럴 수밖에 없다.

안 그래도 시끄러운데 팔았다가 헛소리가 나올 수도 있으
니까.

"그 순간을 노립시다."

"너무 위험합니다!"

만일 타이밍을 놓치면 그 사람들이 죽는 거다.

"그러면 안 하면요?"

"그건……."

안 해도 죽는다.

어차피 지금 저들은 뒷수습을 위해 움직일 테니까.

다른 사람도 아니고 일본 검사까지 회유해서 저지른 일이 었으니까.

"도리어 오광훈 검사가 전면에 나서면 그들의 움직임은 제한됩니다."

심슨 머레이와 관련될 수 있는 모든 곳은 사용할 수 없게 된다.

그러면 그곳이 아닌 다른 곳을 써야 하는데, 그런 곳은 한 곳뿐이다.

"사막이겠네요."

"그리고 아시다시피 사막은 공유지이지요."

사유지가 아니기에 영장과 상관없이 접근할 수 있다.

"위험하기는 하지만."

하지만 방법이 없다.

"그런데 어떻게 알아내시려고요?"

"그건 제가 알아서 하겠습니다."

노형진은 그렇게 말하면서 주먹을 꽉 쥐었다.

⚖️

'오광훈이 미쳐 날뛰고 있습니다'.

아마도 최신 게임의 설명을 빌리자면 그런 표현이 어울릴 것이다.

"심슨 머레이는 천하의 개쌍놈입니다. 그 새끼는 인신매매로 먹고사는 놈입니다."

딴 사람도 아닌 한국에서 파견된 검사가 그런 소리를 하기 시작하자 그냥 미친놈이 헛소리하는 걸로 무마할 수가 없었다.

"야! 오광훈이! 너 미쳤어!"

대사관에서 나온 남자는 언성을 높였다.

소속도 다르고 나이도 다르고 전혀 관련도 없는 사람이었지만, 그는 미 정부의 강력한 항의에 잔뜩 고생하고 온 참이었다.

"내가? 미쳤냐고? 전혀 안 미쳤는데?"

"내가? 내가? 지금 '내가?'라고 했냐? 야! 이 새끼야! 너 지금 내가 누군지 알고 반말을 지껄여?"

"모르지? 하지만 네가 반말하는데 내가 왜 존대를 해야 해?"

"너 이 개새끼⋯⋯!"

"너만 3대 고시 통과했냐? 나도 고시 통과한 사람이야!"

3대 고시.

사법 고시, 행정 고시 그리고 외무 고시.

그 세 가지 중 하나를 통과한 사람들은 한국의 핵심 인력이 된다.

일단은 말이다.

"그리고 나보고 인신매매범 잡으라면서? 그래서 내가 잡겠다는데 왜 지랄이야, 지랄이?"

"뭐? 너 이 미친 새끼! 심슨 머레이가 어떤 사람인지 몰라?"

"알지. 아주 잘 알지."

오광훈은 고개를 끄덕거렸다.

작전에 들어가기 전 노형진과 필 모리스에게서 다 설명을 들었다.

단순히 독지가가 아니라 정치계의 거물이다.

그가 정치를 하는 것은 아니지만 그가 주는 정치자금을 받는 정치인이 한두 명이 아니다.

"그래서 정치인이 돈 주면, 수사하면 안 돼?"

"뭐?"

"수사해서 그 새끼가 인신매매범인 걸 알아낸 거니까 떠든 건데?"

"이런 미친 새끼! 증거 있어! 증거 있느냐고!"

"있지."

"내놔!"

"그걸 네가 뭔 권한으로 내놓으래?"

"뭐?"

"넌 외교부 직원이지 미국 쪽 직원도 아니잖아? 그런데 네가 뭔 권한으로 자료를 내놓으래? 돈이라도 받았냐?"

"이런 미친 새끼……."

그는 입을 쩍 벌렸다.

물론 오광훈이 미친 꼴통이라는 소리는 들었다.

하지만 그래 봤자 할 수 있는 게 없다고 생각했다.

지금까지 미국에 온 꼴통은 많다.

하지만 그들은 발악을 하다가 결국은 도태되었다.

그럴 수밖에 없었다.

미국으로 파견 나왔다고 해서 미국의 검사 자격이 주어지는 게 아니다.

당연히 미국에서 수사를 할 수는 없고, 해 봐야 연락관 역할뿐이었으니까.

'미친 새끼들! 뭐 이런 꼴통을 보냈어?'

그래서 꼴통 하나 보낸다는 소리에 '또 좌천시킬 새끼 하나 있구나.'라고 생각했다.

그런데 이 꼴통은 그냥 발악하는 정도가 아니라 기자회견을 해 버렸다.

그것도 아주 핵폭탄급으로 말이다.

유명 독지가가 사실은 인신매매범이라면서.

하지만 자신이 한국에서 파견 나온 검사일 뿐인지라 수사가 불가능하니 미 정부에서 수사하라는 식으로 말이다.

"정작 수사권을 가지고 있는 미 정부는 달라는 소리도 안 하는데 한국 정부의, 그것도 상관도 없는 어디 외교부 찌꺼기가 와서 지랄이야?"

"지이랄?"

"지랄이지, 그럼. 너 삼권분립 몰라? 너 그 머리로 어떻게 합격했냐? 뇌물 줬나? 야, 이거 조사 좀 해 봐야겠는데?"

천연덕스럽게 말하는 오광훈을 보면서 외교부 직원은 입술을 깨물었다.

'이런 씨발……'

아무래도 단순히 꼴통을 넘어선, 말 그대로 '미친놈'인 듯했다.

'이 문제를 어떻게 해결하지?'

당장 저놈 아가리 다물게 하라면서 날뛰던 주미 한국 대사의 목소리가 그의 귀에 울리는 듯하자 외교부 직원은 눈앞이 캄캄해졌다.

⚖

"역시나."

노형진의 예상대로 오광훈이 기자회견을 하자 언론에서는 심슨 머레이에 대해서 파기 시작했다.

진실이야 어찌 되었건 상황이 무척이나 예민해진 것은 사실이니까.

아무리 심슨 머레이가 독지가라고 하지만 스스로가 정치인은 아니다.

정치인을 통해 압력을 행사할 수는 있지만 스스로 압력을 행사하는 데에는 무리가 있을 수밖에 없다.

"아마 오광훈이 한국으로 돌아가기 위해서는 2주쯤 필요할 겁니다."

상황이 터졌으니 한국에서 귀환 명령을 내릴 테지만, 오광훈은 그걸 부당 명령이라며 되려 들이받을 테니까.

"시간을 끌면 한 달은 끌 수 있지만 그건 위험한 행동이고요."

필 모리스는 뉴스를 보면서 눈을 가렸다.

다른 사람도 아니고 외국인 검사에게 자국 내 비리가 발견된 거라면서 자신들의 부패를 성토하는 글이 가득했다.

"기분이 좋지는 않네요. 어쩔 수 없다고 하지만."

"영웅과 간신은 한 끗 차이죠."

일이 잘되면 영웅, 아니면 간신이다.

"물론 지금 상황이 당혹스럽다는 건 알고 있습니다. 하지만 그래서 더욱 디 플로트를 추적해야 합니다."

"알려진 멤버에 대해서는 이미 추적 중입니다. 물론 한계가 있지만요."

사실상 지원이 없는 상황에서 동원할 수 있는 것은 타국에서 온 검사들뿐이다.

그나마 그들이 일본 사건 이후에 충격을 받고 지원을 해주고 있기는 하지만, 그런다고 해서 그들의 문제가 해결되는 것은 아니었다.

'그렇다고 우리가 포기할 수는 없는 노릇이고.'

이것이 법이다.

결국 자신들이 할 수 있는 건 최선을 다해서 구하는 것뿐이다.

"그들이 진짜로 잡고 있는 사람들을 사살할까요?"

"그럴 겁니다. 아마도 6개월 이상은 세뇌를 해야 할 테니까요."

안 그래도 미국에서 성매매는 불법이다.

이들 중 한 명이라도 손님에게 입을 열면, 그리고 그 손님 중 한 명이라도 정의감에 신고하면 자기 조직들이 날아갈 수도 있다.

"그들의 공급 규모를 보면 못해도 사백 명 이상의 사람들이 잡혀 있어야 합니다. 거기에다 미국에서 잡아서 다른 나라로 넘어가는 사람들까지 생각하면 더하죠."

"으음……."

"그런 자들을 지금 풀어 줄 수는 없습니다."

일이 커진 이상 그들을 최소한 3년, 미국의 감시 시스템을 생각하면 5년은 잡아 둬야 한다.

일이 커진 이상 미 정부에서 심슨 머레이와 디 플로트에 대한 감시를 강화할 테니까.

"한 명이라도 풀려나게 할 수 없으니 그들을 처분할 겁니다."

"그렇기는 한데……."

고민하는 필 모리스.

하긴, 사람들 수백 명의 목숨이 걸려 있으니까.

"걱정하지 마세요. 그들이 움직이려면 우리에게 걸릴 수밖에 없습니다."

수사 대상이 된 심슨 머레이는 거리를 둘 수밖에 없으니 그들이 갈 수 있는 곳은 정해진 셈이다.

"그들의 차량을 감시하는 것은 어려운 일이 아니니까요."

정작 심슨 머레이는 감사 대상이 아니다.

해 봤자 나올 게 없을 테니까.

"남부의 태양도 마찬가지죠."

오광훈은 남부의 태양의 음식이 납치 피해자에게 가고 있다고 주장했다.

당연히 그 기부 사항도 조사 대상이 되고 차량의 동선도 감시당하게 된다.

따라서 그들이 기부된 음식을 납치된 사람들에게 줄 방법이 없다.

그런데 이렇게 되면, 수백 명이 먹는 식량은 어마어마한데 그걸 돈 주고 사야 하는 것은 어마어마한 부담이 된다.

결국 그들은 잡혀 있는 사람들을 처분할 수밖에 없게 된다.

"그리고 그 정도 인원을 이동시킬 수 있는 방법은 한정되어 있거든요."

절대 작은 차량은 아니다.

작은 차 한두 대로 옮기다가 걸리면 일이 커진다.

"결국 트럭이죠."

미국의 트럭은 한국의 트럭보다 훨씬 크다.

한 번에 백 명 단위의 사람들을 옮기는 게 불가능은 아니다.

물론 안락함은 포기할 수밖에 없겠지만.

"안 그래도 그쪽 소속의 트럭은 찾아보고 있습니다."

"아마 소용없을 겁니다."

설사 있다고 해도 그런 트럭을 이용해서 함정을 팔 만한 사람은 없다.

"우리가 봐야 하는 곳은 주유소입니다."

"네? 주유소요?"

"네. 그들이 무슨 차량을 쓰든 결국은 기름을 넣어야 하니까요."

차가 크다는 것은 결국 그 차가 엄청나게 많은 기름을 먹는다는 소리나 마찬가지다.

당장 한국에서 운영하는 트럭도 한 달 치 기름이 몇백 단위가 된다.

그런데 그 몇 배나 되는 미국 특유의 트럭들에는 과연 얼마나 많은 기름이 필요할까?

"그리고 트럭의 숫자보다 주유소의 숫자가 훨씬 적지요."

주시로 전화를 해서 기름을 넣고 가는 트럭들을 감시하면 된다.

물론 모든 트럭이 다 동원되는 것은 아니겠지만 사막으로 가기 위해서는 어쩔 수 없이 기름을 넣어야 한다.

"그리고 사막으로 연결된 도로는 많지 않지요."

그곳을 감시하면 그들이 대량으로 움직이는 것을 확인하는 것은 어렵지 않다.

그걸 위해 노형진은 자비를 들여서 사막을 관통하는 도로에 카메라를 달았다.

"주유소를 알고 그 방향에 있는 카메라를 확인하는 것은 어려운 일이 아닙니다."

"그건 그런데……."

"그리고 아마 제 생각에는 군부대 근처 사막이지 싶은데요."

"군부대요?"

"네."

뜬금없이 군부대라니? 필 모리스는 갸웃했다.

군부대랑 이번 사건이랑 무슨 상관이 있단 말인가?

"심슨 머레이는 똑똑한 사람입니다. 자신과 관련된 사람들이 감시 대상이 된 걸 모르지는 않을 겁니다. 그 감시 중에는 헬기도 들어가죠."

"아!"

한국과 다르게 미국은 땅이 넓다.

당연히 방송국도 지역별로 헬기를 가지고 긴급하게 출동하는 경우가 많다.

"만일 운행 중인 헬기에 그런 모습이 찍히면 곤란할 겁니다. 그걸 막기 위해서는 비행 금지 구역이어야 하지요."

시내는 당연히 비행 금지 구역이지만 그 안에서 수백 명을 살해할 수는 없으니 결국 사막이라는 건데, 그런 곳은 군부대 쪽이다.

당연하게도 멕시코 국경에는 군부대가 있고 그곳 주변은 비행 금지 구역이다.

"하지만 군부대에서 그 지역을 다 감시하는 것은 아니거든요."

군부대의 보호 대상은 지상뿐이다.

나머지는 레이더로 감시하는데, 트럭은 레이더에 걸리는 대상이 아니다.

"그리고 군부대는 이동을 거의 안 합니다."

즉, 그 지역은 개발될 가능성이 제로에 가깝다는 거다.

"그리고 삽을 많이 사겠지요."

"삽……."

"삽 파는 곳은 많지 않지요?"

필 모리스는 고개를 끄덕거렸다.

"대부분 대형 마트죠."

미국은 싼 땅에 대형 마트를 만들어서 물건을 판다.

그래서 미국에서 살려면 차가 필수라는 거다.

"갑자기 삽 판매량이 늘어나는 곳을 확인해 봅시다."

"어떻게 그걸 다 아시는 겁니까?"

"뭐, 범죄라는 건 예상하려고 하면 필요한 게 보이는 법이거든요. 그게 빅 데이터라는 겁니다."

"빅 데이터요? 요즘 많이 듣기는 했습니다만."

"그게 인터넷 시대의 무서운 점이죠."

실제로 미국의 모 슈퍼마켓에서 어떤 집에 신생아용 물품 홍보 책자를 보낸 적이 있다.

그런데 그곳에는 아이가 없었다.

보통은 잘못 온 것이라고 생각해서 넘어갈 일을 그 집주인은 거칠게 항의했고, 점장은 사과를 하면서 왜 이런 일이 벌어졌는지 조사해 줬다.

그 이유는 다름 아닌 고등학생인 그 집 딸이었다.

고등학생인 그녀가 갑자기 신생아용 물품에 관심을 가지고 일부를 사기 시작하자 컴퓨터는 그 집이 출산 예정이라 판단하고 홍보 책자를 자동으로 발송한 것.

문제는 실제로 그 여고생이 임신 중이었다는 것이다.

부모조차도 몰랐던 것을 컴퓨터는 이미 알고 있었던 것.

"그런 일이 있었습니까?"

"네. 빅 데이터란 무서운 거죠."

돈을 어디다 쓰는지 알 수 있다면 그 사람이 뭘 하는지 쉽게 알 수 있다.

모텔에서 쓰는 돈이 늘어난다면 그는 아마도 연인이 생겼을 것이다.

식비가 늘어난다면 가족이 늘어났다는 것이다.

변호사 상담비가 결제되었다면 소송을 준비한다는 것이다.

"그리고 수백 명을 사막에 방치할 수는 없으니까요."

결국 그들을 묻기 위해 뭔가 필요하다.

그런데 불도저를 동원할 수는 없으니······.

"삽이군요."

"네."

"하지만 삽이 있어도 땅을 팔 사람을 구하는 게······."

말을 하던 필 모리스는 입을 다물었다.

왜 땅을 팔 사람을 따로 구하겠는가? 이미 거기 사람이 넘치는데.

"감시만 제대로 하면 그들이 뭔 일을 하는지 알아내는 것은 어렵지 않습니다."

"네, 알겠습니다."

노형진의 말에 필 모리스는 고개를 끄덕거렸다.


그날부터 필 모리스와 검사들은 비상 체계로 근무에 들어갔다.

물론 오광훈 역시 비상이었다.

한국에서 지랄 지랄을 해서 아예 밖으로 나가기 힘들 지경이었으니까.

"죽겠네, 씨발."

채널을 돌리던 오광훈은 툴툴거렸다.

"이놈의 영어는 뭐라는지 알아 처먹을 수가 없네."

"잘 들어 둬야 할걸."

"왜?"

"너 법 공부 다 시키면 영어 공부시킬 거거든."

"허미, 씨발."

질려 버린 듯 오광훈의 얼굴이 창백해지는 그때, 문이 벌컥 열리면서 필 모리스가 들어왔다.

"삽이 팔렸답니다!"

노형진과 오광훈은 자리에서 벌떡 일어났다.

삽 몇 개 팔린 걸로 여기에 오지는 않았을 것이다.

"어느 정도나요?"

"지금 마트마다 보고가 들어왔는데, 어떤 남자들이 와서 삽을 모조리 쓸어 갔답니다."

"모조리요?"

"네."

삽은 그다지 많이 구입하는 물건이 아니다.

그래서 마트마다 비축분이 많은 것은 아니다.

보통 스무 개에서 서른 개 정도. 아무리 많아도 쉰 개를 넘기 힘들다.

"지금까지 총 여덟 개 마트에서 보고가 들어왔는데 그 판매량이 이백 개랍니다."

"잡았다."

한꺼번에 이백 개나 필요한 곳은 대형 공사 현장 정도나 된다.

그런데 그런 곳은 공장에서 직접 삽을 받는다.

그게 싸니까.

"그리고 영상을 분석해 보니 겹치는 구입자들이 있습니다."

"드디어 움직이기 시작했군요."

식자재를 감시하기 시작한 지 일주일. 누군가를 먹여야 한다면 그 식자재를 보충하는 게 부담이 될 수밖에 없는 상황이다.

"그리고 재미있는 게, 그들이 하나같이 현금으로 계산했다고 하더군요."

뿐만 아니라 그들은 요 근래 어마어마한 양의 식자재를 사 가지고 갔다고 한다.

"확실하게 잡은 것 같군요."

"네, 그들을 감시하고 있는데 그들이 타고 움직인 차량을 찾았습니다."

그리고 그 이후부터는 일사천리다. 그들이 어디로 가든 감시에 들어갈 수밖에 없다.

"모든 도로에 카메라를 24시간 감시로 돌리세요. 그리고 구할 수 있는 헬기는 다 구해야 합니다."

"그건 가능합니다. 그런데 그걸 막아야 하는데……."

문제는 그들을 막기 위해서는 적지 않은 병력이 필요하다는 거다.

하지만 그 병력을 구하는 건 쉬운 일이 아니다.

"정부에 요구할까요?"

"그럴 수는 없습니다."

그러면 심슨 머레이와 디 플로트의 귀에 이야기가 들어갈 수도 있다.

물론 정치인들이 그렇게까지 할까 싶지만, 때때로 부패라는 것은 생각보다 깊은 곳까지 들어가기도 하니까.

"그러면 어쩌지요?"

"예상한 방향이 맞는다면…….."

노형진은 입술을 깨물었다.

지금까지는 그들이 자신의 예상대로 움직였다.

그리고 노형진의 예상이 맞는다면 방법이 아예 없는 것은 아니다.

"국경 방어 부대의 도움을 받을 수 있을지도 모릅니다."

"네?"

"비행 금지 구역이라는 건 사실상 군대의 감시 지역 내라는 거니까요."

물론 군 내부에서 거기를 다 지킬 수는 없다.

하지만 그곳에 정찰 병력 정도는 파견할 수 있을 것이다.

"그건 군대 내부의 문제이니까요."

그게 무슨 뜻인지 알아차린 필 모리스는 고개를 끄덕거렸다.

"바로 연락을 해 보겠습니다."

그리고 그들의 도움을 받을 수 있다면 어려울 것이 없었다.

⚖

"그러니까 우리 쪽 사막에서 대량 학살이 일어날 수도 있다 이거군."

퍼슨 중장은 연락을 받고 탁자를 손끝으로 톡톡 두들겼다.

"그렇습니다. 물론 가정이지만 말입니다. 하지만 적들의 규모나 문제 때문에 스와트의 도움을 구하기는 힘들다고 합니다."

"힘들겠지."

수백 명을 나르는 범죄자들이 열댓 명은 아닐 테고 그쪽도 백 명이 넘을 텐데, 그들과 싸우기 위해서는 스와트 팀으로는 역부족이다.

당연히 일반 경찰까지 싸그리 동원해야 하는데, 그 경우 일이 틀어졌다는 걸 심슨 머레이가 모를 수가 없다.

"심슨 머레이란 말이지."

그는 자신이 만났던 심슨 머레이를 생각했다.

사람 좋은 미소를 짓던 남자. 정중하기 그지없던 남자.

'나도 그 오광훈인가 하는 인간의 말이 개소리 같기는 하지만 말이지.'

문제는 이런 일을 사전에 알고도 막지 않았다고 하면 자신의 커리어가 끝장난다는 것이다.

"우리 쪽을 의심하는 이유는?"

"우리 쪽 사막이 가장 넓습니다."

"그렇겠지."

지상군도 아니고 공군기지가 있는 곳이니, 당연히 어마어마한 영역이 비행 금지 구역으로 설정되어 있다.

물론 그런 곳은 대부분 텅 비어 있다.

무인 지대는 사람들이 들어오는 게 감시가 잘되도록 만들어진 구역이지 지켜야 하는 구역이 아니니까.

"자네는 어떻게 생각하나?"

부관은 진지하게 입을 열었다.

"주의는 해야 한다고 생각합니다."

"그래?"

"네. 물론 정식으로 들어온 부탁도 아니니 무시해도 상관은 없습니다만."

"무슨 뜻인지 알겠네."

멕시코 국경을 지키고 있기에 국경 근처 갱단이 어떤 자들인지 그들은 잘 알고 있다.

물론 이번 일을 저지르는 자들이 멕시코 갱단이 아니라 미국 갱단이라는 게 의외이기는 하지만, 결국 비슷한 놈들이다.

"그렇다고 우리가 지상군을 보낼 수는 없지."

퍼슨 중장은 마음을 굳혔다.

아무리 퍼슨 중장이라고 해도 인명 피해가 부담이 안 될 수가 없다.

인명 피해를 끔찍하게 싫어하는 미군이기에 일단 일이 터지면 공군부터 부르는 거다.

그리고 그는 다른 곳도 아닌 공군의 중장이다.

"이틀 후에 아파치 대대 기동훈련이 있었지, 아마?"

"네."

부관은 바로 알아들었다.

아파치 헬기는 미국이 자랑하는 군사용 헬기.

갱단이 아무리 무장을 잘했어도 그걸 요격하는 것은 불가능하다.

"그들의 훈련 계획을 바꾸는 건 어렵지 않겠군."

"어렵지 않습니다. 해당 훈련은 실탄을 포함한 훈련이니까요."

"훈련 비행 동선을 좀 바꾸는 정도는 괜찮을 것 같군."

"알겠습니다. 방향은 사막 쪽이겠지요?"

"그래, 사막 쪽이 좋겠어."

퍼슨 중장은 씩 웃으며 말했다.

⚖️

컴컴한 밤, 흐릿한 불빛 속에서 하이디의 고운 손은 익숙

하지 않은 삽질로 인해 피가 흐르고 있었다.

　매일같이 관리하던 손이 찢어졌지만 그녀는 삽질을 멈출 수가 없었다.

　"흑흑흑."

　"빨리빨리 파!"

　자신들을 감시하고 있는 사람들.

　그들은 완전무장을 한 상태로 감시하고 있었다.

　그녀를 포함해서 많은 사람들이 그들에게 위협받으면서 땅을 파고 있었다.

　"제발 살려 주세요. 네? 제발, 시키는 대로 할게요."

　하이디와 함께 납치된 로라가 그중 한 명에게 매달렸다.

　학교가 끝난 후 집에 가던 그 둘은 갑자기 납치되어서 여기까지 끌려온 것이다.

　"닥치고 땅이나 파! 당장 대가리에 총구멍 나기 전에."

　하지만 남자는 거칠게 로라에게 발길질을 했고, 그녀는 자신이 파던 구덩이로 굴러떨어졌다.

　"이거 오늘 중으로 다 파겠어?"

　"시범 삼아서 몇 죽여 볼까? 어?"

　갱단의 말에 다들 눈물을 흘리며 속도를 높였다.

　하지만 그들도 안다.

　이걸 다 파고 나면 자신들이 묻힐 거라는 걸.

　지금 살기 위해 빨리 움직일수록 미래에 더 빨리 죽을 수밖에 없다는 걸.

"흑흑흑."

눈물을 흘리면서 삽질을 하던 그때였다.

"정지. 이 정도면 충분하겠네."

누군가의 말. 금발의 남자는 흙먼지로 가득한 자리를 보며 눈짓을 했다.

"삽 이리 던져."

"헉!"

"아니에요! 우리 더 팔 수 있어요! 더 팔 수 있어요!"

멕시코인으로 보이는 몇몇이 빌었지만 그들의 발아래에서 총알이 튀었다.

"던지라고 했다. 내가 시체 뒤지면서 삽을 꺼내야겠냐?"

하이디는 눈물도 멈췄다.

이제 자신의 삶이 끝났다는 것을 인정해야 했으니까.

그런데 생각지도 못한 일이 터졌다.

"이게 무슨 소리야?"

갑자기 하늘에서 들리는 소리.

그게 무슨 소리인지 깨달은 갱단은 당황한 기색으로 주변을 둘러봤다.

그리고 이내 그 소리가 어디서 나는지 알아차렸다.

"이런 씨발!"

자신들을 바라보고 있는 십여 대의 아파치 헬기.

그 헬기들은 야간 탐조등을 켠 채로 자신들을 포위하고 있었던 것.

"이런 염병."

갱단의 얼굴에 낭패의 기운이 흘렀다. 이런 상황에서 갑자기 군부대가 튀어나올 줄은 몰랐으니까.

"대장, 저거 어떻게 합니까?"

"이런 씨발."

대장도 눈을 찌푸렸다.

눈앞에 있는 헬기들.

자신들에게 지대공 무기가 있는 것도 아니고, 무기라고는 소총이 다였다.

그리고 소총으로는 헬기에 흠집도 못 낸다는 것을 알고 있었다.

투다다다!

갑자기 격렬한 총소리가 들리면서 갱단 주변으로 어마어마한 총격이 쏟아졌다.

"퍼킹!"

누가 봐도 무기를 버리라는 신호였다.

고개를 숙여 보니 자신의 발아래에는 수백 발의 총알이 틀어박혀 있었다, 그것도 대구경의.

아마도 저항이나 도주를 하려고 한다면 헬기에서 총알이 쏟아질 것이다.

"그래도 도망갈 수 있지 않을까요, 군인인데 민간인한테 총 쏘는 게 쉽지는 않을 테니?"

혹시나 하여 도주를 생각하는 그때, 반대쪽에서 갑자기 강렬한 빛이 쏟아졌다.

"저건 뭐야!"

조용히 다가오던 노형진 일행과 인디언 경호 부대인 토마호크가 라이트를 켠 것이다.

헬기가 일으키는 강한 바람 소리에 엔진 소리는 감춰졌고, 라이트를 끈 채로 운전하자 갱단은 그들이 접근하는 것도 몰랐다.

"꼼짝 마! 손들어! 저항하거나 도주한다면 사살하겠다!"

안 그래도 헬기 때문에 화력적으로는 도주도 불가능한 상황이었다. 그런데 난데없이 완전무장 한 병력이 나타나자 갱단은 깜짝 놀랐다.

"뭐야?"

"퍼킹!"

갱단은 다급하게 무기를 들었지만 그들의 눈에 보인 것은 방탄복으로 온몸을 두른 방어 병력이었다.

그냥 방탄복도 아니고 어디 아프가니스탄에서나 쓸 만한 소총 방어용 완전 방탄복이다.

거기에다 방탄모에 방탄 마스크까지 착용해서, 자신들이 아무리 쏴 봐야 이길 방법이 없었다.

"젠장."

누군가의 목소리.

그들은 침을 꿀꺽 삼켰다.

도주하자니 헬기가 걸린다.

그렇다고 싸울 수도 없다.

물론 막나간답시고 저 아래 있는 사람들에게 총을 쏠 수도 있지만, 그러면 시체도 찾기 힘들게 될 게 뻔했다.

한국에서 남을 지키기 위해 사람을 살해하면 그건 살인죄지만, 미국은 이런 경우 정당방위로 보기 때문이다.

"손들어."

노형진은 마이크에 대고 느긋하게 말했다.

"물론 저항해도 상관없어. 화끈한 총격전은 이쪽에서도 원하는 거니까."

노형진은 느긋했다.

'내가 왜 지금까지 기다렸는데?'

이미 그들이 여기에 땅을 파는 건 알고 있었다.

그럼에도 불구하고 기다린 것은, 인질들의 안전을 위해서였다.

바로 습격하면 총격전을 하기가 애매해진다.

빗나간 총이 인질에게 맞을 수도 있으니까.

하지만 지금 인질들은 구덩이에 들어가 있고, 그들은 땅 위에 있다.

파묻기 위해 판 구덩이가 인질들에게 쏟아지는 총알을 막아 주는 참호가 된 것이다.

그러니 지금 같은 상황에서는 아무런 부담도 없이 총질을 할 수 있다.

"큭……."

금발의 남자는 입술을 지그시 깨물었다.

저항이 불가능하다는 걸 알아차린 것이다.

이미 자신들의 차량까지 완전무장 한 사람들이 포위한 상황.

"손들어. 안 들면 쏜다."

노형진의 말에 그는 결국 총을 바닥에 던졌다.

덜그럭.

총이 떨어지는 소리가 하나가 들리자 나머지 사람들도 총을 바닥에 던졌다.

"모조리 체포하세요."

노형진의 말에 다른 검사들이 다가가 그들의 손에 수갑을 채우기 시작했다.

일부는 수갑이 부족해서 어쩔 수 없이 케이블 타이로 묶기 시작했다.

헬기는 그 주변을 돌면서 감시를 계속했고, 보고를 받은 군부대 쪽에서 일단의 병력이 몰려오고 있었다.

"여기는 다 끝난 것 같고."

노형진은 고개를 돌려서 도시 쪽을 바라보았다.

이쪽은 이미 정리되었다.

남은 것은 다른 쪽, 그러니까 도시 쪽이다.

"제대로 하겠지?"

노형진은 걱정스럽게 말했다.

⚖️

심슨 머레이는 다급하게 자신의 저택에서 나오고 있었다.

일이 틀어졌다는 소식이 들려왔다.

한두 명도 아니고 자신의 부하들이 모조리 체포되었다는 소식에 그는 마음이 다급해졌다.

"젠장, 어쩌다 이런 일이…….'

조직원의 숫자가 적은 것은 아니지만 수백 명을 사살하기 위해서는 인원이 많이 필요해서 모조리 보낸 것이 화근이었다.

그중 한 명이라도 입을 열면 자신은 끝장이었다.

"당장 터널로 향해! 어서!"

"네."

그는 가족들을 데리고 차에 올라타서 운전사를 채근했다.

"여보, 어떻게 해요?"

"어떻게 하긴, 멕시코에 준비해 둔 곳으로 가야지!"

만일에 대비해서 멕시코에 이미 집과 땅을 사 놓고 지금까지 번 돈도 빼돌려 놨다.

"지금처럼은 못 살아도 충분히 누리면서 살 수 있어."

그리고 터널이 있으니 사람을 모아서 갱단을 다시 키워도 된다.

미국의 판매 라인은 여전히 살아 있으니 미국에서 납치해서 팔아도 되고.

"망할! 망할!"

그는 입술을 깨물었다.

"그 원숭이 새끼가 뭔 짓을 한 거야!"

한국에서 파견 왔다는 검사.

그놈이 지랄을 하면서 자신을 감시하는 바람에 막대한 손해를 봤다.

그걸 피하기 위해 손썼는데, 그것까지 다 예상하고·있었을 줄이야.

"아빠, 내 명품 다 집에 두고 왔다고!"

"지금 명품이 문제야! 어? 다 죽이려고 작정했어?"

"야, 이 철없는 것아!"

티격태격하면서 그들이 도착한 곳은 도시 외곽에 있는 제법 커다란 연구 시설이었다.

공식적으로 태영광 연구 시설이지만, 그건 어디까지나 위장이었다.

"어서 도망치자."

그는 다급하게 지하 창고로 향했다.

그리고 숨겨진 터널로 들어가서 불을 켜고 앞장서서 멕시코로 도주하기 시작했다.

"일단 멕시코로 가자. 일이 틀어진 이상 미국에서는 못 살아."

그렇게 말하면서 코너를 돌아가는 순간, 그는 머리에 차가운 무언가가 겨눠지는 것을 느꼈다.

"이야, 이거 월척이네."

코너에서 자신의 관자놀이에 총을 대고 씩 웃는 남자, 오광훈.

"올 줄 알고 마냥 기다리고 있었지."

"……."

심슨 머레이는 눈을 데굴데굴 굴렸다.

여기를 어떻게 알고 오광훈이 있단 말인가?

"네가 여기에 어떻게?"

"이 새끼는 또 뭐라는 거야?"

"우리를 그냥 보내 다오. 그러면 100만 달러, 아니 200만 달러를 주지."

결국 그가 믿을 수 있는 것은 돈뿐이기에 그는 돈으로 오광훈을 설득하려고 했다.

하지만 노형진이 오광훈을 여기에 배치한 이유가 있었다.

"이 새끼가 뭐라는 거야? 너 지금 내 욕 하는 거지?"

"200만 달러가 부족한가? 그러면 300만, 아니 400만은 어떤가?"

"이런 쌍놈의 새끼가! 너 욕하면 내가 못 알아들을 줄 아는가 본데, 내가 눈치가 100단이야, 이 새끼야!"

아무리 돈을 준다고 해도 못 알아먹으면 대체 무슨 소용인가?

"어디다 대고 욕질이야! 욕질이!"

"크헉!"

오광훈은 총을 휘둘러서 개머리판으로 심슨 머레이의 머리를 후려쳤고, 심슨은 바닥을 나뒹굴었다.

"꺄아악!"

"여보!"

비명이 울려 퍼지고, 심슨은 그런 오광훈을 노려보며 외쳤다.

"내가 곱게 넘어갈 것 같아! 디 플로트가 네놈을 죽일 거다!"

그는 그렇게 외쳤다.

자신이 풀려나기만 하면 한국이 아니라 더한 곳에 있다고 해도 부하를 보내서 죽이겠노라고, 그는 그렇게 외쳤다.

하지만 그건 이루어질 수 없는 꿈이었다.

"그건 힘들 겁니다. 모조리 잡혔거든요."

"뭐, 뭣!"

고개를 돌려 보니 다른 사람이 총을 겨누며 따라오고 있었다.

"어…… 어떻게?"

아무리 부하들이 현장에서 잡혔다고 해도 주요 시설을 보호할 정도는 남겨 놨다.

이곳도 마찬가지. 이곳도 경비 병력이 있었다.

그건 그가 들어오면서 이미 확인했다.

그런데 뒤에서 나타나다니?

"이미 체포했지요."

필 모리스는 잔인한 미소를 지으며 말했다.

그가 도망치는 순간부터 그를 따라왔다.

사실 도주를 막는 건 어려운 일이 아니었다.

하지만 도망친다는 것 자체가 그가 켕기는 게 있다는 가장 강력한 증거.

더군다나 그는 스스로 자신들을 이 터널로 안내했다.

즉, 그 스스로 디 플로트의 보스라는 걸 입증한 셈이다.

"말도 안 돼!"

뒤에서 온 건 이해가 간다.

하지만 앞에서 튀어나온 오광훈은 뭐란 말인가?

"뭐라는겨?"

오광훈은 목을 뿌드득 풀었다.

사실 이 터널에 대해 노형진이 알고 있으니 여기에 들어오는 건 문제 되지 않는다.

토목학적으로 보면 이런 긴 터널은 그냥 쓸 수가 없다.

가장 큰 문제는 일단 공기다.

사람이 소비하는 공기는 생각보다 많다.

이런 긴 터널을 입구와 출구만 만들면, 움직이다가 절반도 못 와서 시체가 된다.

공기가 부족하기 때문이다.

노형진은 입구와 출구를 알고 있었고, 그 사이에 공기구멍이 될 만한 곳 또한 알고 있었다.

그곳을 찾으면 그 구멍을 키우는 건 일도 아니었다.

그래서 앞쪽은 이미 막혀 있었던 것.

"제발…… 제발 부탁이네. 우리를 보내 주게. 돈은 원하는 대로 주겠네."

심슨 머레이는 필 모리스에게 빌었다.

오광훈에게는 이빨도 안 먹혀 들어간다는 것을 알아차린 것이다.

이빨도 일단 말이 통해야 넣어 보는 법이다.

"후우."

필 모리스는 길게 한숨을 쉬면서 총을 다시 총집에 넣었다.

그러자 그걸 보고 얼굴이 환해지는 심슨 머레이.

하지만 이내 필이 자신이 아니라 뒤쪽을 바라보고 있다는 사실을 알아차렸다.

"저는 좀 늦게 온 겁니다."

"뭐라는 거야? 그냥 가는 거 보니까 이거 패라는 거 맞지?"

고개를 돌려 보니 뿌드득거리면서 목을 푸는 오광훈이 보였다.

"아가리 잘 물어라. 내가 옥수수 털어 줄게."

오광훈은 씩 웃으며 심슨에게 달려들었다.

"으아악!"

처절한 비명이 터널에 울려 퍼졌지만, 들어와 보는 사람은 아무도 없었다.

⚖️

−한국에서 파견 온 검사의 조사로 발견된 범죄 조직은 미국 내에서 피해자들을 납치해서 멕시코로 팔아넘겼으며…….

−현장에서 발견된 피해자만 오백 명이고 그중 백 명은 미국 내에서 납치된 피해자로…….

−정치권에서는 그런 사실을 몰랐다며…….

−미 정부에서는 오광훈 검사에게 훈장을 수여하기로…….

"하아."

검찰청으로 가는 길.

오광훈은 가슴에 매달린 훈장에 입김을 불어 가면서 깨끗하게 닦았다.

"좋냐?"

"훈장이라니, 이건 땡잡은 거 아냐?"

"그건 그렇지."

미국이 타국인에게 훈장을 주는 경우는 드물다.

하지만 이번에는 안 줄 수가 없었다.

조사 결과 미국 전역에서 납치해서 팔아넘긴 피해자만 천 명이 넘는 데다, 타국에서 미국으로 데리고 온 인신매매 피해자는 8천이 넘었으니까.

미국은 처음 있는 사건에 난리가 났고, 숨겨진 터널을 찾기 위해 국경 지대에 지하를 감시할 수 있는 탐지기를 가진 순찰 부대를 운영하기로 했다.

"아무리 그래도 그렇지 그걸 왜 달고 와?"

"보여 주고 싶은 분이 있어서."

"그래, 무슨 마음인지 안다."

노형진은 피식 웃었다.

노형진의 예상대로 그가 영웅이 되자 한국에서는 다급하게 그를 다시 불러들였다.

좌천시켰더니 도리어 영웅이 되어 버렸다.

까딱 잘못해서 미국 핵심 라인과 친해지면 자기들 파벌이 위험해지기 때문이다.

"덕분에 편하게 왔다."

"적당히 해라."

노형진은 피식 웃으며 말했고 오광훈은 그저 웃을 뿐이었다.

그리고 오광훈은 차에서 내리자마자 부장검사실로 갔다.

"부장님! 저 다녀왔습니다!"

"으응……."

부장검사는 똥 씹은 표정으로 오광훈을 바라보았다.

오광훈은 작심한 듯 그의 책상에 엉덩이를 올렸다.

"부장님! 덕분에 제가 이런 훈장도 받았습니다! 부장님! 덕분에 제가 미국의 영웅도 되었고요! 부장님! 덕분에 제가 미국에서 언론도 타 봤고요!"

모조리 부장님 덕분이라고 말하는 오광훈을 보면서 부장검사는 왠지 속이 쥐어짜는 것처럼 쓰려 왔다.

노동자의 자존심

"일하고 싶습니다."

노형진을 찾아온 남자는 처참한 표정으로 말했다.

"진짜 일하고 싶습니다. 하지만 일을 할 수가 없어요."

얼굴을 부여잡고 한숨과 함께 눈물을 흘리는 남자.

노형진은 그런 그를 보면서 입맛을 다셨다.

"상황이 이해가 갑니다."

"오죽하면 제가 여기에 오겠습니까? 전 일해야 합니다. 아직도 제 아이들은 어리고 들어갈 돈은 많습니다. 이대로 잘릴 수는 없습니다."

"흠……."

노형진은 고개를 끄덕거렸다.

그 나이대의 남자라면 누구나 같은 고민을 할 테니까.

"하지만 다른 곳도 아니고 두한이라니. 쉬운 싸움이 아니네요."

"다른 변호사들도 다 찾아가 봤습니다. 하지만 방법이 없었습니다. 두한이라는 말 한마디에 그들은 변호를 거절했어요. 그와 관련해서는 방법이 없다는 말뿐이었고요."

"대기업과의 싸움을 받아 주는 변호사는 드물죠."

노형진은 입맛을 다시면서 말했다.

"저뿐만이 아닙니다. 저희는 진짜 일하고 싶습니다."

"알고 있습니다."

눈앞에 있는 사람은 두한의 직원이었다.

그러나 두한은 그를 자르려고 하고 있었다.

'잔인한 새끼들.'

노형진은 혀를 끌끌 찼다.

그는 두한을 위해 약 20년의 인생을 바쳤다.

나이 20대 후반에 입사해서 이제 얼마 후면 쉰 살이 된다.

그런데 그에게 떨어진 대기 발령. 문제는 그 대기 발령이 벌써 1년째 이어지고 있다는 것이다.

대놓고 나가라는 의미다.

"저는 그만둘 수가 없습니다. 전…… 전……."

"자 자, 진정하세요."

노형진은 자신의 의뢰인인 남민종을 진정시켰다.

"그 마음 압니다. 오죽하면 여기까지 오셨겠습니까?"

대기업과 싸운다는 것은 한국에서는 인생을 걸어야 하는 문제다.

그럼에도 불구하고 찾아왔다는 것은 그만큼 그들이 절박하다는 소리다.

어차피 죽을 수밖에 없다는 소리니까.

"변호사님, 어떻게 방법이 없겠습니까?"

남민종은 부들부들 떨었다.

'뭐, 옛날 같으면 대룡에 취업시켜 주고 그 대신에 기밀 좀 빼 오라고 하겠지만.'

지금 대룡과 두한은 아무런 문제도 없다.

물론 친하지도 않지만 그렇다고 멀지도 않다.

쉽게 말해서 서로 소 닭 보듯 하는 사이라고 할까?

두한과의 악연은 대룡과는 전혀 상관없는, 노형진 개인적 문제인지라 대룡에 도움을 청할 수는 없다.

만일 대룡이 정보를 빼내 오라고 하면 두한과 전쟁하는 셈인데, 대룡은 아직 그들과 싸울 이유도 없고 대동과 싸우느라고 힘도 부족하다.

"그 부분은 저희가 이야기를 해 보겠습니다."

노형진은 고개를 끄덕거리며 말했다.

"일단은 이번 의뢰는 당분간 비밀로 해야 합니다. 무슨 뜻인지 아시죠?"

새론을 찾아갔다는 사실을 아는 순간 두한에서는 남민종을 어떻게 해서든 파멸시킬 것이다.

"제발 부탁드립니다."

"걱정하지 마십시오."

노형진은 고개를 끄덕거렸다.

그가 나가고 나자 김성식이 걱정스러운 얼굴로 들어왔다.

"어쩐 일이십니까?"

"이야기를 들었네. 두한의 사건이 들어왔다지?"

"벌써 들으셨습니까? 빠르네요."

"다른 곳도 아니고 두한 아닌가?"

두한은 노형진을 암살하려고 했던 놈들이다.

그러니 새론과도 사이가 좋을 수가 없다.

그렇다고 전쟁하는 것도 아니다.

그들과의 관계는 애매하다.

섣불리 소송을 하는 것은 쉬운 일이 아니다.

"더군다나 아까 그 사람, 두한 사람 아닌가? 그나마 잠잠해졌는데 또 일이 크게 틀어질 수 있어."

"애초에 같은 편도 아니었는데요, 뭘. 두한 성향 아시지 않습니까? 암살 시도 사건 이후에 잠잠하겠지만 언젠가는 또 똑같은 짓거리를 할 겁니다. 그들은 음험하지 않습니까?"

"그건 그런데 말이지."

김성식은 걱정스러운 얼굴이 되었다.

그럴 수밖에 없는 게 상대가 상대방이다 보니 걱정되는 것이다.

"하긴, 두한이 이런 짓거리 하는 경우가 한두 번도 아니기는 한데⋯⋯."

두한은 외부적으로 청년 고용을 잘하는 젊은 기업 이미지를 지키고 있다.

하지만 그건 어디까지나 그들의 언론 플레이가 만들어 낸 이미지일 뿐이다.

그들은 조금만 나이 먹으면 자르고 그 자리에 청년을 집어 넣는다.

그게 인건비가 싸게 먹히고 쉽게 쥐어짤 수 있기 때문이다.

"그리고 이 정도는 어려운 문제도 아닙니다."

"뭐?"

김성식은 어이가 없어서 되물었다.

"이게 어려운 사건이 아니라고?"

"네."

"농담하나? 내가 알기로는 이건 이긴 적이 전혀 없는데."

부당하게 자르기 위해 이런 식으로 직원을 배치하는 것은 흔하게 있는 일이다.

그리고 공식적으로 한국 재판부의 판단은 고용만 보장한다면 직원의 배치는 기업의 권한이라는 것이다.

물론 꼼수다. 마음대로 자를 수가 없으니까 자를 수 있게 판사들이 도와주는 셈이다.

"압니다. 그래서 보직 변경 소송은 거의 이긴 적이 없지요."

심지어 서울에 사는 직원을 부산이나 대구에 배치한 경우도 있다.

그런데 재판부는 두 시간 삼십 분 이하의 출퇴근 시간은 합리적 출퇴근이라면서 적법 판단을 내렸다.

그런데 그 이유가 웃긴 게, KTX를 타면 두 시간 삼십 분 안에 갈 수 있다는 거다.

상식적으로 말도 안 되는 소리이지만 재판부는 그걸 인정했다.

"자기들이 그렇게 출퇴근을 해 본 적이 없으니 그 정도 시간은 고려 대상이 아닌 거지."

상식적으로 일반적인 근무시간이 여덟 시간인데 다섯 시간씩 걸려서 왕복하는 사람이 얼마나 되겠는가?

"차라리 그런 경우는 나아. 보직도 얼마나 개떡같이 배치하는데?"

김성식은 걱정스럽게 말했다.

"압니다. 그리고 그건 회사의 권한이지요."

실제로 한국의 모 기업은 평생 상담만 한 CS 팀의 여직원들을 난데없이 인터넷 연결 부서에 배치해서 인터넷을 설치하도록 했다.

당연하게도 전신주라고는 타 본 적이 없는 여자가 그걸 할 수는 없었을 테고, 그들은 실적 부족을 이유로 여직원들을 해고했다.

"그런 식으로 법을 농락하는 건 흔하게 일어나는 일이죠."

"그걸 알면서, 쉽다고?"

"네, 사실 이건 싸우려고 하면 방법이 없는 것은 아닙니다."

"이해가 안 가는군."

김성식은 머리를 절레절레 흔들었다.

그 문제를 해결하지 못해서 지금까지 고생한 변호사들이 한두 명이 아니다.

그런데 그게 쉽다고 하다니?

"자신 있나?"

"자신요? 이건 자신의 문제가 아니라 지는 게 문제이지 싶은데요."

"그런가?"

김성식은 문득 노형진이 어떤 방법을 쓸지 궁금해졌다.

자신뿐만 아니라 다른 변호사들도 이 경우 재판부의 자비를 구하는 수밖에 없는데 이길 자신이 있다고 하다니.

"만일 자네가 이긴다면 우리나라 노동운동에 변혁을 일으킬 사건이 되겠구먼."

"그런가요?"

"그래, 지금까지 이런 식으로 노동자를 탄압한 기업이 어디 한두 곳인가? 그들을 제압할 수만 있다면 노동운동은 충분히 새로운 방향성을 가질 수 있을 걸세."

노형진은 고개를 끄덕거렸다.

어차피 이런 사건의 해결 방식은 다른 사람들에게 알려 줘야 하니까.

"그런데 한꺼번에 여러 가지 사건을 할 겁니다. 괜찮으시겠습니까?"

노형진은 걱정스럽게 말했다.

어찌 되었건 대기업과 싸우는 사건이다.

만일 노형진이 소송을 하게 된다면 두한과는 원수가 될 가능성이 높다.

겸직금지 조항 때문에 송정한이 회사의 대표직에서 물러나고 대표로서 활동하는 것은 김성식이었기 때문에, 노형진은 확실하게 물어본 것이다.

"우리야 상관없지. 우리 새론도 어차피 두한과 같이 가기는 힘든 상황이고. 그런데 찾아온 건 한 사람 아닌가? 그런데 여러 명을 같이하겠다고?"

"남민종 씨 이야기를 들어 보니 피해자는 여러 명인 것 같더군요. 그러니 그걸 한꺼번에 진행하려고요. 아까 말씀하신대로 노동운동에 새로운 피바람을 불러일으켜 볼까 해서요."

"나야 상관없네."

노형진은 고개를 끄덕거렸다.

"그러면 기다릴 필요가 뭐 있겠습니까? 바로 움직이지요,

후후후."

　노형진은 이참에 장난질하는 대기업들에 제대로 엿을 먹일 생각이었다.

⚖

　남민종은 방법을 찾았다는 노형진의 말에 깜짝 놀랐다.

"해결 방법이 있다고요?"

"네."

"어떤 방법요? 제 말은 전혀 들어주지 않던데요."

"일단 선생님 같은 경우는……."

"저요? 다른 사람들은 다른 방법도 있단 말입니까?"

"있지요."

　노형진은 고개를 끄덕거렸다.

"차라리 확실하게 말하는 게 좋겠군요. 그런 분들에게 전달해 주셔야 하니까요."

　노형진은 책상을 두들기다가 차분하게 말했다.

"일단 지금 두한에서 사람들을 괴롭히는 방식은 세 가지입니다. 첫 번째, 선생님처럼 아무것도 안 시키고 마냥 대기 발령 상태로 두는 것."

"네…… 그게 힘들죠."

　심지어 그의 책상은 바깥으로 나와 있다.

화장실 바로 앞에 자리를 두고, 버티지도 못하게 괴롭히고 있다.

'전에는 내부 고발 문제라도 있지만.'

이번에는 내부 고발자도 아니기 때문에 전에 썼던 방법을 쓸 수는 없다.

"그런 문제는 소송을 통해 해결할 수 있습니다. 뭐, 다 소송을 통하기는 하겠지만요."

남민종은 우울한 표정이 되었다.

"그건 저도 압니다. 하지만 그게 방법이 없습니다. 보직에 관해서는……."

"네, 압니다. 보직에 관한 권한은 다 회사에서 갖고 있지요."

"그렇습니다."

"그러면 정상적으로는 회사에서 퇴직시키면 되는 일입니다."

법적으로 퇴직을 시키려고 하면 못 할 것도 없다.

다만 그런 경우 막대한 손해가 발생하니까 안 하는 것뿐이다.

"그런데요?"

"즉, 공식적으로 남민종 씨는 현재 두한에서 일하는 근무자라는 거죠. 제가 노리는 건 그겁니다."

"네?"

"회사의 일원으로서 남민종 씨는 회사의 손실을 그냥 두고 볼 수는 없습니다. 즉, 손실을 막을 책임이 있는 거죠."

"그건…… 그런데요?"

    의무까지는 아니라고 할 수도 있지만, 어찌 되었건 손실이
발생하고 그걸 보고해서 막을 수 있는 방법이 있다면 막아야
한다.

    "그 손실이 핵심입니다."

    "손실이 핵심이다?"

    "네. 지금 가장 손실을 입고 있는 사람이 누구일까요?"

    "그거야 저 아닌가요?"

    남민종의 말에 노형진은 고개를 흔들었다.

    그런 문제라면 자신이 나서지도 않았다.

    "아닙니다. 지금 손실을 입고 있는 것은 두한입니다."

    "에?"

    "지금 남민종 씨는 월급은 제대로 받고 있지 않습니까?"

    남민종이 보직 해임되고 대기 발령 상태라고 하지만 어찌
되었건 근무자로서 남아 있는 이상 월급은 줘야 한다.

    그리고 실제로 남민종에게는 월급이 지급되고 있다.

    물론 보너스 같은 것은 없지만 말이다.

    "그런데요?"

    "그리고 그걸 막을 책임이 있다는 거죠."

    "제 월급이 손해라는 건가요?"

    우울한 표정이 되는 남민종에게 노형진은 '탕' 소리 나게
테이블을 두들겼다.

    "그렇게 생각하지 마십시오. 제가 말씀드리는 것은 월급

이 손해라는 게 아니니까요."

"그러면요?"

"정식으로 회사에 속한 노동력, 그것도 20년 이상 근속한 능숙한 노동력이 바로 남민종 씨입니다. 그런 남민종 씨를 회사에서는 쓰지 않고 있지요."

"그건 그렇지요."

"여기서 재미있는 부분이 발생합니다. 그 손실을 과연 상부가 알았느냐는 거죠."

"그건……."

"알 리가 없죠."

알 리가 없다.

사람 하나 자르는 데 회장님이나 사장단이 나설 리가 없다.

그냥 내부에서 자르라고 결정되면 자르면 되는 것이다.

"인원 감축 부분은 중간에서 결정합니다. 그리고 일반적으로 회장이나 사장단은 그걸 승인만 하지 자세한 건 끼어들지 않지요."

인원을 감축하는 이유는 간단하다.

돈 때문이다.

한국은 연차식의 연봉 협상이 보통이다.

즉, 연차가 높아질수록 임금도 높아진다.

'그게 말장난이란 말이지.'

얼핏 보면 좋아 보인다.

연차가 높아지면 나이가 많아진다는 뜻이고 돈이 더 들어간다는 소리니까.

문제는 그 직장에 평생 있지 않는다는 것.

'과거랑 다르게 평생직장이라는 개념이 없으니까.'

당장 남민종을 자르면, 그 돈이면 비정규직 20대를 두 명 고용할 수 있다.

그래서 남민종뿐만 아니라 연차가 높아지면 사방에서 퇴직 압력이 들어온다.

'사오정이라고 하던가?'

45세까지 회사에 다니면 정신없는 놈 소리를 듣는 대한민국.

요즘은 삼팔육이라는 말까지 나온다.

38세까지 회사에 다니면 육시럴 놈이라는 소리다.

"그런데 그걸 가지고 제가 뭘 어쩌라는 거죠?"

"정식으로 회사의 임원을 고소하는 겁니다."

"네?"

남민종은 깜짝 놀랐다.

"그게 가능합니까?"

"가능하죠."

회사의 직원으로, 그는 회사의 손실을 막을 책임이 있다.

그리고 그는 월급은 받는데 일은 하지 못하고 있다.

"그 말은, 지금 임원들이 회사에 손실을 끼치고 있다는 거죠."

"그건……."

전혀 생각해 보지 못한 부분이기에 남민종은 입을 다물었다.

"보통은 이런 생각을 하지 않죠."

"그건 그런데……."

"하지만 어찌 되었건 손실 아닙니까?"

만일 임직원의 가족을 이름만 올려 두고 월급을 주면 횡령이다.

"손실……."

확실히 월급을 주면서 부려 먹지 않으면 그건 손해로 볼 수 있다.

"사람들은 일한 후에 월급을 받는 게 노동자의 권리라고 생각합니다. 그리고 기업들은 그 권리를 무시하려고 노력하지요. 반대로 노동자는 자신의 노동의 권리를 주장할 수 있습니다. 지금 남민종 씨 같은 사람이 얼마나 됩니까?"

"그게, 그러니까……."

그는 잠깐 고민하다가 조심스럽게 입을 열었다.

"한 서른 명쯤 됩니다."

자신이 아는 것만 서른 명이다.

그들은 온갖 천덕꾸러기 취급을 받으면서 일도 못 하고 책상만 지키고 있다.

"그들을 모아서 소송을 하시죠."

"노동자의 권리라……."

지금까지 일을 요구하는 게 노동자의 권리라고는 생각도

못 했다.

하지만 생각해 보면 틀린 말은 아니다.

"만일 업무를 주지 못하겠다고 하면 그들은 여러분들에게 정식으로 해고 통지를 해야 합니다."

하지만 정식으로 해고 통지를 하지 않는 이유는 간단하다.

특별한 이유가 없는 한 불법적인 해고가 될 테니까.

경영상의 이유를 들이댈 수도 없고, 그렇다고 그들이 업무를 실수하거나 범죄를 저지르거나 회사에 피해를 준 적은 없다.

"그런 경우 소송을 하면 불법 해직이 됩니다."

그래서 그들은 압력을 가하는 것이다.

조용히 나가라고.

"하지만 이쪽에서 소송을 걸 거라고는 생각도 못 하겠지요."

남민종은 눈 끝이 파르르 떨렸다.

자신이 회사를 대상으로 소송을 건다는 것은 생각도 해 보지 않았으니까.

"하지만 밉보일 텐데요."

"밉보이는 게 문제일까요? 어차피 저쪽은 남민종 씨를 그만두게 하려고 작정했는데요."

그는 긴 한숨을 쉬었다.

맞는 말이다.

지금 자신은 최후의 발악을 하고 있는 중이다.

"알겠습니다. 그러면 이런 건 다른 사람을 모아서 해야겠군요."

"네."

"이야기해 보겠습니다. 그런데 다른 분들 문제에 대한 해결책은……?"

"그건 그분들이 오시면 말씀드리지요, 후후후."

노형진은 눈을 반짝거렸다.

⚖

남민종은 며칠 후에 자신과 함께 소송을 할 스무 명을 데리고 왔다.

나머지 열 명은 결국 퇴직을 결정한 모양이었다.

하지만 여기 온 스무 명은 그럴 수가 없었다.

돈이 들어갈 곳이 너무 많은데 모아 둔 돈이 없었으니까.

노형진은 그들을 모아서 소장을 작성하기 전에 작전을 설명했다.

"일단 여러분들이 할 일은, 일을 달라고 당당하게 요구하는 겁니다."

"이미 해 봤어요."

어깨를 으쓱하는 사람들.

일을 달라고 요구도 해 보고, 인간적인 감정으로 빌어도 봤다.

하지만 상부에서는 들은 척도 하지 않았다.

"압니다. 하지만 이번에는 확실하게 증거를 남기셔야 합니다. 녹음을 하셔야 해요."

"녹음?"

"네. 이쪽에서는 어쩔 수 없이 소송을 걸었다는 것을 입증해야 하니까요."

소송을 걸기 위해서는 그에 맞는 타당한 이유가 있어야 한다.

그냥 다짜고짜 소송을 걸면 기각되는 경우가 많다.

"재판을 할 때 판사들이 가장 먼저 보는 것이 다른 구제 방법을 시도했느냐는 겁니다."

만일 그런 게 없으면 기각을 시키거나 조정에 부쳐 버린다.

"그리고 여기 계신 분들은 다 아시겠지만, 재판에서 유리한 건 두한입니다. 한국의 재판부는 친재벌 성향이 강하니까요."

"으음……"

"그러니까 여러분들은 구제 시도는 다 하셔야 합니다."

그 첫째가 상급자에게 할 일을 달라고 요청하는 것.

둘째는 자신들의 상황에 대해 그 상급자를 제치고 더 상급자, 그러니까 이사급 이상에게 제보하는 것.

"제보라……"

"물론 그들은 신경도 쓰지 않겠지요."

그리고 노형진이 노리는 게 그거다.

"그 이후에 소송을 진행하면 됩니다."

"그것만 하면 됩니까?"

"네."

"알겠습니다."

스무 명의 사람들은 고개를 끄덕거렸다.

어차피 막나가는 상황. 그들에게 물러날 곳은 없었다.

⚖️

"뭐라고?"

"제가 할 일을 주십시오."

"이게 미쳤나?"

남민종은 부장에게 당당하게 요구했다.

어차피 부장은 자신을 자르기 위해 혈안이 된 사람이기에 더 이상 눈치 볼 상황도 아니었다.

"야, 내가 너 대기 발령 낸 거 몰라? 어?"

"그 대기 발령 시간이 무려 1년째입니다. 비정상적인 대기 발령 아닌가요?"

"위에서 보직을 안 주는 걸 나보고 어쩌라고?"

"그걸 해결하시는 게 부장님 역할 아닙니까? 저도 회사의 일원으로서 일을 해야 합니다. 그러니까 일을 주세요."

"야, 이 미친 새끼."

부장은 얼굴을 부여잡았다.

그리고 긴 한숨을 내쉬었다.

"너 이 새끼, 눈치가 그렇게 없냐? 알아서 나가야 할 거 아냐? 어?"

"그러면 정식으로 해고 통지를 하시든가요."

"이 새끼가 진짜 막나가자는 거야? 너 해고 통지하면 복직 소송 할 거 아냐?"

"당연히 해야지요. 회사는 회사고, 저도 먹고살아야 하니까요."

"그런데 뭐? 해고 통지하라고? 미친 새끼. 이거 아주 답이 없네."

부장은 혀를 끌끌 찼다.

"너한테 줄 일거리는 없어. 그러니까 꺼져."

"전 회사의 일원으로서 회사의 손실을 그냥 두고 볼 수 없습니다. 그러니까 회사의 업무를 주세요."

"아, 꺼지라고. 너한테는 화장실 청소 하나 안 맡길 테니까."

부장은 짜증스럽게 말했고 남민종은 입술을 깨물고 그의 방에서 나왔다.

'역시나.'

노형진에게 사전에 듣긴 했으나 남민종에게 일을 줄 리가 없다.

그러면 방법은 하나뿐이다.

그는 바로 위층에 있는 이사실로 향했다.

물론 거기서는 미친놈 취급받았다.

"그러니까, 일을 안 줘서 회사에 피해를 주고 있으니 내가 명령해서 적당한 보직에 배치시켜 달라?"

"네, 이사님, 저도 회사의 일원으로서……."

"남민종 씨."

이사는 짜증스러운 표정으로 말했다.

"내가 지금 당신이랑 놀 군번으로 보여요?"

"네?"

"나 두한의 이사야. 어디 일개 직원이 와서 일을 달라 마라야?"

"하지만 이사님, 저는 회사의 일원으로서……."

"그러니까 우리가 시키는 대로 해야지. 우리가 시킨 건 당신이 화장실 벽 보고 있으라는 거야. 그게 하기 싫으면 회사 그만두고 나가."

남민종은 입술을 깨물었다.

자신에게 퍼부어진 수많은 모욕. 그 모욕을 모두 참으며 일한 대가가 이런 식이라니.

'충성의 의미가 없다는 건가?'

회사에 충성을 다했지만 그에게 남은 것은 빚과 퇴직뿐.

"저는 회사에 이익이 되기 위해서……."

"그건 내가 판단하니까 꺼져."

이사는 매몰차게 그를 내몰았다.

그리고 남민종은 긴 한숨만 내쉬었다.

너무나 예상했던 대로 돌아가니까.

'그러면 남은 건, 그들이 예상하지 못한 방향으로 움직이는 것밖에 없네.'

그는 마음을 강하게 먹었다.

⚖️

얼마 후 노형진은 관련 기록을 받아서 소송을 진행했다.

물론 회사에서는 난리가 났다.

애초에 이런 소송은 처음이었으니까.

"친애하는 재판장님, 이 사건에서 원고는 회사의 직원으로서 회사의 이익을 도모하고 손실을 방지할 책임이 있는 자입니다. 그런데 원고의 회사의 임원은 고의적으로 회사의 손실을 유발하고 상부에서는 이 사실을 알면서도 방치하고 있기에 어쩔 수 없이 이번 소송을 진행하게 되었습니다."

노형진이 말을 하면서 돌아보자 상대방 변호사는 곤란한 표정이었다.

'그렇겠지.'

사실 이러한 회사 내부의 부당 해고 행위는 불법이다.

아무리 변호, 아니 변명을 한다고 해도 합리화시킬 수는 없는 일이다.

"재판장님, 이 사건에서 회사에 온 손실은 없습니다. 이는 합리적인 인원 재배치 과정에서 벌어진 일로, 그로 인한 손해가 발생했다는 것은 어불성설입니다."

회사 측 변호사는 변론을 하면서도 목소리에 힘이 없었다.

"그래요? 재판장님, 여기 원고들의 평균임금표가 있습니다. 원고들의 평균임금은 월 400만 원입니다. 그리고 이를 계산하면 한 달 8천만 원이 지급되고 있습니다. 그리고 평균 대기 발령 시간은 5개월입니다. 즉, 현재까지 4억 원의 금액이 지급된 것입니다. 그 과정에서 어떠한 업무나 실험적 시도도 없었고 무조건 대기 발령 상태로 기다리도록 했습니다."

"그건 어디까지나 회사의 권한으로……."

노형진은 피식 웃었다.

애초에 상대방 변호사가 변론의 방향을 전혀 엉뚱하게 잡고 있었기 때문이다.

"재판장님, 그건 분명 회사의 권한입니다. 하지만 피고의 권한은 아니죠."

노형진이 소송을 건 대상은 두한이 아니었다.

두한에 소송을 해 봐야 의미가 없기 때문이다.

그 대신에 소송을 건 대상은 그들의 상관이었던 부장과 이사 그리고 인력 배치를 담당하는 인사부였다.

"피고 측 변호인이 착각하는 것 같습니다. 부장과 이사 그리고 인사부의 책임자는 회사의 대표성을 가지지 않습니다.

그들은 회사 내부에서 일하는 근무자로서 회사의 업무 처리를 대행하는 자들일 뿐입니다. 원고 측과 마찬가지로요."

"그건……."

원고나 부장이나 이사나 인사부 대표나, 결국은 회사의 직원일 뿐이다.

쉽게 말해서 기업의 부품이다.

"그리고 회사의 일부로서 그들은 합법적인 영역 내에서 회사의 이익을 증가시키기 위해 노력해야 합니다."

노형진은 그렇게 말하면서 계속 진술을 이어 갔다.

"일단 부장의 경우 일부 직원이 분명 자신의 휘하에 배치되어 있음에도 불구하고 고의적으로 업무에서 배제시키고 어떠한 업무도 하지 못하도록 방해했습니다. 그 합당한 이유 없이 말입니다."

노형진의 공격에 피고 측 변호사는 뭐라고 대답할 수가 없었다.

"그 부분에 대해서는 피고와 이야기해 보고 변론하도록 하겠습니다."

"그리고 이사 역시, 해당 사실을 제보하고 문제의 해결을 요청하였으나 그에 응하지 않았습니다. 이사는 사용자로서 회사의 이익을 보호해야 하는 책임을 가진 사람입니다. 그럼에도 불구하고, 매달 8천만 원이 지급됨을 알고 있었음에도 불구하고 이사는 그들에게 아무런 업무도 지시하거나 해당 상황을 해결하려고 하지 않았습니다."

"……."

노형진은 그들을 보면서 새로운 증거서류를 꺼내 들었다.

"재판장님, 갑제4호를 봐 주시기 바랍니다. 해당 기업인 두한의 인원 대비 총수입을 나눈 비율입니다."

"흠…… 비율이 어마어마하군요."

"그렇습니다. 총인원 대비 수입을 나눴을 때 두한에서 한 사람이 벌어들이는 수익은 인건비 대비 스물두 배 정도입니다. 쉽게 말씀드리면 월급의 스물두 배를 벌어들이는 상황이라는 겁니다. 단순 계산으로도 월 8천만 원의 스물두 배라면 17억 6천만 원입니다. 즉, 피고 측은 매달 인건비 8천만 원뿐만 아니라 17억 6천만 원의 손실을 고의적으로 만들어 내고 있었던 것입니다."

"재판장님, 그건 어디까지나 기회비용일 뿐이고, 그 금액이 들어온다는 확정적인 보장은 어디에도 없습니다."

피고 측의 변론.

노형진은 그 소리에 다른 증거를 꺼내 들었다.

'이런 싸움은 해 본 적이 없군.'

이건 현재와의 싸움이 아니라 과거와의 싸움이다.

판단을 할 때 사람은 그 사람이 능력이 있는지 없는지를 과거의 기록을 가지고 판단한다.

"그래요? 그러면 이 기록은 어떨까요? 저희 원고들의 과거 실적에 관한 기록입니다."

노형진은 차분하게 말했다.

노형진에게 의뢰를 한 사람들은 나이가 보통 40대다.

즉, 인건비는 비싼데 승진하기 힘든 사람들.

그래서 회사에서 자르려고 하는 것이다.

반대로 말하면, 한창 실적을 쌓아 올린 직후라는 것이다.

"이 기록에 따르면 원고의 과거 실적이 나와 있습니다. 이를 원고들의 월급과 비교한다면 평균 이백아흔 배 이상의 수익을 냈습니다. 물론 투자 비용이 있고 또 다른 직원들의 업무 분담 부분도 있겠지만, 결코 그들이 업무 능력이 떨어진다고 볼 수는 없습니다. 그런데도 불구하고 무조건 안 들어올 돈이니까 감안해서는 안 된다고 볼 수 있을까요?"

노형진의 말에 피고 측 변호사는 곤란한 표정을 지었다.

실적까지 좋으니 뭐라고 할 수가 없는 것이다.

'그러니까 진즉에 좋게 굴었어야지.'

쥐어짤 만큼 쥐어짜고 버리는 스타일이 바로 두한이다.

그런데 그 쥐어짠 실적이 자신들의 꼬리를 잡을 줄은 몰랐을 것이다.

"더군다나 일부 직원들은 아예 부서 자체도 배치하지 않은 상태에서 무기한 대기 상태입니다. 그로 인한 피해가 얼마나 심한지는 재판장님도 아실 거라 생각합니다."

노형진은 말을 하면서 피고 측 변호사를 슬쩍 바라보았다.

'당황스럽겠지.'

이 문제를 어떻게 해결해야 하나 고민하는 기색이 역력한 피고 측 변호사.

그럴 수밖에 없는 게, 이런 문제를 해결하기 위해 대부분의 변호사들이 선택하는 것은 회사를 상대로 소송을 거는 것이기 때문이다.

'하지만 내가 질 걸 아는데 똑같은 짓을 하겠어?'

그러면 소송도 힘들어지고 길어진다.

그래서 노형진은 아래에서 일하는 사람들을 대상으로 소송을 건 것이다.

"재판장님…… 이 부분에 대해서는 다음 변론 기일에 답변해도 되겠습니까?"

피고 측 변호사는 결국 해결 방법을 찾지 못한 채로 머쓱하게 말할 수밖에 없었다.

⚖

"그들이 이 정도로 대응하지 못할 줄은 몰랐는데?"

김성식은 신기하다는 듯 말했다.

노형진이 소송을 걸었는데, 찾아온 변호사는 그다지 실력이 좋은 변호사는 아니었기 때문이다.

"당연하죠. 기업에 들어온 소송이 아니니 기업 차원에서 변호사비를 지원할 이유는 없죠."

노형진은 어깨를 으쓱하며 말했다.

"이 상황에서 가장 타당한 변론은 회사 차원에서 해서 어쩔 수 없었다는 건데, 그게 가능할 리가 없죠."

"그렇겠지."

분명 이러한 행동은 불법이다.

하지만 재판부에서 모른 척해 줘서 이루어지는 것이다.

"하지만 이미 소송이 진행되었고 불법행위인 것은 어쩔 수 없으니까 결국 위에 대해 진술한다는 것은 상부에 책임을 떠넘기는 일이 되는 거죠."

노형진이 노리는 게 그거다.

만일 그런 일이 벌어진다면?

정리 해고를 하려고 했던 그들이 이번에는 정리 해고 대상이 될 수밖에 없다.

그러니 그들은 위에서 시켰다는 말을 할 수가 없다.

"그들이 진술하지 않는 이상 그들이 개인적으로 저지른 일이 된단 말이지."

그리고 회사 입장에서 개인적으로 저지른 범죄를 보호할 이유는 없다.

"결국 다 같은 건데 말이죠."

눈 가리고 아웅이지만, 그들이 저지른 행동에 대한 처벌을 회사가 막아 주지는 않을 것이다.

"그러니 그들이 알아서 해야지요."

노형진은 씩 웃었다.

"그들이 현 상황을 벗어나는 방법은 두 가지뿐입니다. 회사의 명령을 받고 움직인 걸 인정하든가, 아니면 피해자들에게 제대로 업무를 배당하는 거죠."

하지만 어느 쪽이든 그들이 선택할 수 있는 카드는 없다.

"아마 그들은 미치기 직전일 겁니다."

노형진은 쿡쿡거리면서 웃었다.

"그러면 다음 문제를 해결해 보죠."

"이 문제는?"

"뭐, 안 봐도 뻔하니까요."

노형진은 어깨를 으쓱했다.

일반적인 경우 이런 사건은 적당하게 합의로 끝날 가능성이 높다.

회사 쪽에서는 더 이상 일이 커지기를 원하지 않을 테니 적당한 보직에 배치할 것이다.

물론 부장과 이사의 인사고과는 끝장날 것이다.

최악의 경우 그들이 해직당할 수도 있다.

두한의 내규상 부장급부터는 사용자로 분류되어 노동법의 보호를 받지 못하기 때문이다.

"다음은 다른 방식으로 괴롭힘당하는 방식을 해결하죠."

"지역 발령 문제와 보직 변경 문제 말이군. 사실 문제가 되는 건 보직 변경이지."

지역 발령 문제는 그나마 해결책이 있다.

가장 좋은 방법은 주말부부로 사는 것이다.

가족들이 이사를 하는 것도 방법이다.

실제로 지역 발령이 불합리한 목적으로 이루어지지 않는 경우도 많다.

사람들이 다 지역 근무를 꺼리는 건 사실이니까 누군가는 가야 한다.

그래서 좌천이 아니라 실제로 필요한 사람이라서 보내는 부분도 있고.

"하지만 보직 변경이 문제가 되는 건데……."

대한민국의 법은 그에 관련해서 그 권한은 모두 회사에 있다고 보고 있다.

그래서 보직 변경은 대기 발령과 더불어 회사에서 가장 많이 쓰는 방식이다.

"그 문제에 대해 적당한 방법이 있습니다."

노형진은 씩 웃으며 말했다.

"회사에서 돈 쓰고 싶다는데, 그럼 돈 쓰게 해 줘야지요. 후후후."

경험 넘치는 인턴
같은 소리 하고 자빠졌네

노형진은 그런 피해자를 찾았다.

그리고 어렵지 않게 찾아낼 수 있었다.

"전에는 비서직이셨다는 거죠?"

38세의 최정화는 고개를 끄덕거렸다.

"원래 인사 팀으로 입사했다가 비서 팀으로 발령받아서 지금까지 일했어요."

"흠……."

인사 팀에서 비서 팀으로. 흔한 경우가 아니다.

그런데도 그렇다는 건…….

'이 새끼들 대가리 속은 너무 뻔하다.'

38세라고 보이지 않는 외모.

누가 봐도 30대 초반이라 할 만한 몸매.

딱 봐도 그녀가 외모가 되니까 일종의 꽃 같은 존재로 배치를 한 것이다.

'그리고 이제 시간이 지났지.'

비서로만 무려 13년을 근무했다.

그런데 그녀가 새로운 보직으로 배치받았다.

뻔하다.

사장님들께서 새로운 미녀를 원하시는 거다.

물론 그런 거야 사회생활이라는 특징상 어쩔 수 없다고 넘어갈 수 있다.

문제는 배치받은 것이 아니라 보직이다.

'이게 말이야, 막걸리야?'

원래대로 인사 팀으로 간 것도 아니고 다른 팀으로 간 것도 아니다.

뜬금없이 그녀가 간 곳은 두한 텔레콤이라는 계열사였다.

'이 새끼들 미쳤네, 미쳤어.'

그녀가 배치된 곳이 그냥 서류 작업이나 하는 쪽이라면 이해가 간다.

그런데 그녀가 배치된 곳은 다름 아닌 케이블 매설 팀장.

쉽게 말해서 험한 일이라고 해 본 적도 없는 그녀보고 난데없이 케이블을 설치하라는 거다.

"거기에다 제가 배치된 곳이 8팀이더라고요."

한숨을 푹 쉬는 최정화.

"8팀은 다른 곳이랑 다른가요?"

"아주 많이 다르죠. 다른 곳은 최소한 시내에서 일하기라 도 하지요."

"네? 그게 무슨 말씀이신지?"

"8팀은 산악 전문 팀이에요."

"그러니까, 산을 타고 올라가서 케이블을 매설해야 한다 는 건가요?"

"네."

대한민국 대부분 지역에서는 핸드폰이 터진다.

하지만 그렇게 되기 위해서는 그런 설치 기사들의 노력이 어마어마하게 든다.

그나마 도심지 같은 경우는 옥상에 양해를 구해서 설치할 수 있지만 고속도로 옆이나 사람이 드문 곳은 어쩔 수 없이 산에 설치해야 한다.

수십 킬로그램의 케이블과 장비를 지고 산에 올라가서 설 치하고 거기서 철탑을 세우고 중계 장치를 설치하는 것은, 어지간한 사람들은 진저리 치면서 도망갈 만큼 힘든 일이다.

"그걸 케이블 관련 일은 한 번도 안 해 본 여자에게 갑자 기 시킨다라……."

쉽게 말해서 그냥 나가라는 소리다.

물론 학교에서 약간 배우기는 하지만 말 그대로 수박 겉핥기 정도의 수준인지라 실무에 써먹을 수는 없다.

애초에 지금까지 그걸 기억하는 사람이 드물다.

"그런 거 해 보신 적 있으신가요?"

"전혀요. 저희 집 등도 남편이 가는걸요."

"결혼하셨습니까?"

"네."

"보나마나 신혼이겠네요."

"하아, 네."

긴 한숨과 함께 고개를 끄덕거리는 최정화.

노형진은 상황이 너무 뻔하게 보여서 입안이 씁쓸했다.

서른여덟 살이면 절대 빠른 결혼이 아니다.

일 때문에 최대한 늦춘 거다.

그리고 보통 이런 늦은 경우라면······.

"임신 계획이 있으실 테고요."

임산부 비서라? 아마 사장님들은 질색을 할 것이다.

'이것들은 하여간 사람이 자기 장식품인 줄 아나?'

눈을 찌푸린 노형진은 일단은 고개를 끄덕거렸다.

"상황은 알겠습니다. 보아하니 상황이 바뀌지 않는다면 실적 부족으로 해고 수순을 밟겠네요."

맨몸으로도 사실상 불가능한 일이 임신한 몸으로 가능할 리가 없다.

"네, 사실 그만둘 생각도 하기는 했는데······."

"그런데요?"

"그냥 가자니 너무 억울해서요. 제가 무슨 꼴을 당했는지
는……."

"모르지는 않습니다."

사장단 비서를 하게 되면 백 명 중 아흔 명은 사장들에게
성희롱을 기본으로 깔고 간다.

그런 상황에서도 버틴 게 도리어 신기할 정도.

"성희롱으로 고소할 수는 없지만 그래도 그냥 포기할 수는
없어서요."

"제가 한 방 먹여 드리죠."

"어떻게요?"

"당연히 업무와 관련해서죠."

"남 과장님에게 듣기는 했는데요, 저는 그런 게 안 먹힐
텐데요?"

업무를 받지 못한 남민종과 달리 최정화에게는 어찌 되었
건 업무가 배정되었다.

"그러니까 배우셔야지요."

"네?"

"그러니까 배우셔야 한다고요."

노형진은 씩 웃었다.

"일을 새로 시작하면 배워야 하지 않겠습니까? 후후후."

"이게 뭐야?"

두한 텔레콤의 지점장 장거세는 자신에게 청구된 서류를 보고 눈을 찌푸렸다.

"보다시피 업무를 진행하기 위해 필요한 사항입니다."

"장난해? 그러니까 우리보고 자네가 배울 학원비를 내 달라고?"

"그렇습니다."

"이게 무슨 헛소리야?"

장거세는 최정화를 보고 어이가 없어서 되물었다.

지금까지 그런 요구를 한 사람은 없었으니까.

"제가 잘못된 요구를 한 건 아닌 것 같은데요."

"뭐라고?"

"저도 일하고 싶어요. 하지만 저는 전기 관련 지식이나 전기 설비 관련 지식이 전혀 없어요. 솔직히 전 피복을 벗기는 방법도 몰라요."

"그래서?"

"그래서는 무슨 그래서예요? 당연히 그걸 배워야지."

최정화가 요구한 것은 그러한 기술을 배우기 위한 학원비였다.

전기 설비 1급, 기계 설비 등등.

"이제 와서 대학을 갈 수는 없으니 학원에서 배워야지요."

"장난해?"

학원에 간다 해도 실전에 투입할 정도가 되려면 1년은 배워야 한다.

최소한이 그렇다.

그러니까 1년간 일은 못 하고 월급을 받아 가면서 배우겠다는 소리다.

"애초에 저를 경력직으로 뽑은 게 아니잖아요?"

"그런 게 무슨 관계가 있어?"

"관계가 있지요. 배치를 하셨으니까 저는 배워야지요. 배우라고 보내신 거 아니었어요?"

"그건……."

최정화의 말에 장거세는 말문이 막혔다.

배우라고 보낸 게 아니다.

그만두라고 보낸 거다.

애초에 말로는 팀장이라고 하지만 그녀가 가진 실력은 팀 막내보다도 못하다.

아니, 전혀 모른다.

'그러면 당연히 무시당할 거라고 했지.'

노형진은 그게 목적이라고 했다.

팀장이 제대로 일을 못하니 당연히 내부에서는 무시할 테고, 그래서 그만두게 한다고.

"너 진짜······."

"이는 명백하게 업무의 연장입니다. 계약을 할 때 애초에 이쪽으로 계약한 게 아니니까요."

최정화의 말에 장거세는 입을 쩍 벌렸다.

하지만 그가 놀랄 일은 그것만이 아니었다.

"저는 그만 일하러 가겠습니다."

"뭔 일?"

"팀장으로서 당연히 매설하러 가야죠."

"너 쥐뿔 아는 것도 없으면서 뭔 일이야!"

"쥐뿔 아는 게 없지만 팀장으로서의 권위는 있지요."

그녀가 씩 웃자 장거세는 그녀의 미소가 왠지 꺼림칙하게 느껴졌다.

⚖

"자, 그러면 퇴근하죠."

"네?"

저녁 4시, 산꼭대기에서 하는 최정화의 말에 다들 입을 쩍 벌렸다.

"저기 팀장님, 지금 일 시작한 지 고작 네 시간 지났습니다만?"

산꼭대기까지 올라가서 설치하는 게 쉬운 일이 아니다.

하물며 짐까지 짊어지고 올라가야 하는 산행이 쉬울 리가 없고, 도착해서 숨 좀 돌리고 일 시작한 지 고작 네 시간 지났다.

"압니다. 그래서요?"

"지금 퇴근하면 내일 또 와야 합니다만?"

"그럼 안 되나요?"

직원들은 어이가 없었다.

지금부터 세 시간 정도만 노력해서 일하면 마무리가 된다.

그런데 퇴근이라니.

차라리 오늘 세 시간 하고 내일 산을 타지 않는 게 낫다.

그래야 내일 다른 일을 처리할 수 있다.

"하지만 지금은 4시입니다. 현행 규정에 따르면 회사의 업무를 하는 건 근무시간으로 따지기 때문에 지금부터 장비를 가지고 내려가야 퇴근 시간인 6시에 맞게 산에서 내려갈 수 있습니다. 장비의 이동은 명백하게 회사의 업무에 들어가니까요."

"그냥 마무리를 하시는 게……."

"저는 야근 허락 못 합니다."

"미친년."

누군가의 말.

하지만 최정화는 씩 웃었다.

자신을 무시하던 사람들이다. 좋은 말이 나올 리가 없다는 걸 알고 있었다.

"지금 누가 그러셨죠?"

"……."

"자수 안 하세요?"

"……."

"그러면 이 부분에 대해서는 법적으로 해야겠네요."

"뭐라고요?"

"모욕죄로 고발하겠습니다."

"모…… 모욕요?"

"지금 '년'이라고 하셨잖아요? 여기에 '년' 자 붙일 수 있는 사람은 저밖에 없는데요?"

그녀의 말은 다들 차마 말을 못 했다.

틀린 말이 아니니까.

"제가 전기 못 깐다고 해서 제가 팀장이 아닌 건 아니죠. 그리고 제가 팀장인 이상 팀의 모든 결정권은 저에게 있습니다. 저는 야근은 인정 안 합니다. 현재 회사 내부에서도 야근을 자제하라는 훈령이 나와 있고요."

물론 그러한 훈령은 그냥 요식행위용 훈령일 뿐이다.

하지만 그렇다고 해서 그걸 또 지키지 말라는 법도 없다.

"그러니까 우리는 야근 없습니다. 퇴근하시죠. 어차피 지금 내려가야 신고할 수 있으니까요."

"……."

생각지도 못한 상황에 다들 입을 쩍 벌렸다.

지금까지 자신들의 눈치를 보던 사람이 이렇게 갑자기 변할 줄은 몰랐던 것이다.

'이러면 안 되는데.'

그들은 당황해서 어쩔 줄 몰라 했다.

그럴 수밖에 없는 게, 그들의 업무는 매설을 하는 것도 하는 거지만 최정화에게 창피를 줘서 그만두게 하는 것도 있기 때문이다.

그런 식으로 그만두게 한 여자가 한두 명이 아니었다.

그런데 이번은 어째 등골이 싸늘했다.

"증거 있습니까?"

"증거 있지요."

그녀는 품에서 뭔가를 꺼내 들었다.

"아무래도 남자들과 함께 산에 올라오는데 자기 보호는 해야 하지 않겠어요?"

그건 다름 아닌 녹음기였다.

"이렇게까지 하지 않으려고 했지만 지금까지 여러분들이 저한테 보여 준 모습은 믿음하고는 너무 거리가 멀었거든요."

"그건……."

눈을 데굴데굴 굴리는 사람들.

아무리 그들이 괴롭히라고 명령을 받았다고 해도 이런 식이면 자기들이 먼저 잘릴 판국이다.

"이따가 내려가서 목소리 판독할 거니까 그렇게 아시고요."

최정화는 차갑게 말했다.

"지금부터 짐 챙겨서 내려갑니다."

"뭐라고요?"

내려가자는 것도 어이가 없는데 짐까지 챙겨서 내려가잔다.

이런 일을 할 때 가지고 올라와야 하는 것은 단순히 케이블만이 아니다.

여러 가지 장비와 용접기까지 가지고 와야 한다.

"일도 안 끝났는데요?"

"그러니까 내일 다시 가지고 올라와야지요."

"그럴 수는 없습니다."

무게만 해도 어마어마하다.

그런데 그걸 가지고 왔다 갔다 하면 진짜 몸살 난다.

"그냥 두고 가서 내일 다시 작업하시죠."

"이 물품들은 회사에서 지급한 업무용 물품 아닌가요?"

"맞습니다만, 여기 산속입니다. 아무도 없어요. 누가 이걸 훔쳐 갑니까?"

주변 3킬로미터 안에는 민가는커녕 사람 한 명 안 사는 곳이 이곳이다.

"그냥 두고 가시죠."

"그럴 수는 없습니다. 규정대로 가지고 갑니다."

"팀장님! 거 너무 빡빡하게 하지 맙시다."

"규정은 규정입니다."

노형진이 말한 것은 간단했다.

무조건 규정대로 할 것. 일말의 여유도 주지 말 것.

사실 사람들이 없는 이런 곳에서 일하는 사람들은 자기 편한 대로 움직이는 경우가 많다.

물론 그게 문제가 안 되는 경우도 있다.

하지만 그렇다고 해서 규정 위반이 아닌 것은 아니다.

"그냥 두고 갔다 와서 일하죠."

"규정 위반입니다."

"거참, 사람이 왜 그렇게 유도리가 없어요?"

"유도리 있게 했더니 저를 무시해서요. 이제부터 저의 사전에 유도리는 없습니다. 규정대로 하죠."

그 말에 다들 똥 씹은 얼굴이 되었다.

사실 일찍 퇴근하는 것도 이해는 한다.

어떤 면에서는 자신들도 반갑다.

출퇴근을 증명할 방법이 없어서 야근비를 대부분 받지 못하기 때문이다.

하지만 이 짐을 다시 가지고 가는 것은 전혀 다른 문제다.

산을 올라가 본 사람들은 안다.

올라가는 것도 힘들지만 사실 위험할 때는 내려갈 때다.

더군다나 지금은 슬슬 해가 지는 상황이다.

"위험합니다."

"어차피 세 시간 더 있다가 갔다고 해도 위험하지요."

"하지만 그때는 케이블은 없지 않습니까?"

하지만 지금은 가려면 케이블도 가지고 가야 한다.

"규정입니다."

최정화의 말에 다들 얼굴에서 짜증이 나타났다.

"난 모르겠습니다. 두고 가겠습니다."

"뭐라고요? 장난합니까? 제가 상관 아닌가요? 규정에 의거한 합당한 일을 하지 않겠다니요?"

"뭔 쥐뿔도 모르는 년이 뭘 안다고 그럽니까?"

"년?"

"고발을 하든 말든 마음대로 하세요. 난 두고 가겠습니다."

아무리 최정화가 뭐라고 해도 그들은 무시했다.

지금까지 입장이 다급해지자 자신들을 계급으로 찍어 누른 건 최정화뿐만이 아니었다.

'우리가 안 할 건데 자기가 어쩔 거야?'

자신들이 따르지 않는다 해도 자존심 상하는 건 상대방이고 결국 그만두는 것도 상대방이다.

그들은 그걸 알기에 콧방귀를 뀌었다.

물론 모욕으로 고발한다는 것이 영 꺼림칙하기는 하지만 그건 처벌이 얼마 안 된다고 알고 있었기에 그들은 짐을 바닥에 던졌다.

"당장 들고 내려가세요!"

"못 가져갑니다."

"만일 두고 갔다가 이거 사라지면 징계위원회에 회부하겠습니다."

"하든가."

그들은 코웃음을 치면서 먼저 산을 내려갔다.

어차피 자신들은 손해 볼 게 없다.

야근하지 말라고 한 건 최정화니까 그에 따라서 욕먹는 건 최정화다.

"당장 이거 들고 가세요!"

"아, 몰라. 꺼림칙하면 네가 들든가."

"사라지면 당신들이 책임질 겁니까!"

"아, 내가 질 테니까 그만 좀 쫑알거리시죠."

그들이 자기들끼리 내려가자 최정화는 입술을 깨물고 그들을 따라 내려갔다.

그리고 그들이 내려가고 나서 한 시간 후.

"겁나 빡세네."

노형진이 어둠을 헤치고 그곳에 나타났다.

"이건 뭐, 내 생각에서 한 치를 벗어나지를 못하네."

예상대로 널브러진 채로 있는 장비들.

그나마 완성된 곳이라면 CCTV라도 있을 테지만 그런 것도 아니기에 말 그대로 버려진 셈이다.

"들고 갑시다."

"끄응, 이거 묵직한데요?"

"묵직하니까 저들이 버리고 갔지요."

노형진을 도와주러 온 사람들은 그걸 들면서도 표정이 묘했다.

"이거 절도 아닙니까?"

"엄밀하게 말하면 점유이탈물횡령죄죠."

"그런데 이거 우리가 가지고 가면 안 되는 거 아닌가요?"

"안 가져갑니다."

"네?"

"근처에 감춰 둘 겁니다."

노형진이 가지고 가 봐야 이걸 쓸 일도 없다.

아니, 괜히 팔았다가 추적당하면 골치 아픈 건 자신이다.

"버려진 물품을 임의로 이동시키는 것은 현행법상 불법은 아니거든요."

정확하게는 관련 규정 자체가 없다. 부순 것도, 가지고 간 것도 아니고 단순히 근처에 감춘 거니까.

"주변에 적당한 곳을 찾아봅시다."

노형진은 주변을 라이트로 비추면서 헤매다가 적당한 곳을 찾았다.

오래된 나무가 쓰러진 장소였는데, 나무가 넘어가면서 뿌리째 흙이 딸려 나와서 움푹 들어가 있었다.

"여기다가 모두 가져다 두세요. 그리고 낙엽으로 대충 덮고요."

거리도 그다지 멀지 않았기 때문에 그렇게 물건들이 사라
지는 데에는 채 한 시간도 안 걸렸다.

"자, 그러면 우리는 가죠."

"이거 너무 가까운 것 같은데요? 찾기 시작하면 금방 찾을
것 같은데요."

"상관없습니다. 우리 목적은 달성한 거니까요."

"네? 목적이 달성돼요?"

"네."

노형진이 원하는 건 그들이 물건을 두고 다니지 못하게 하
는 것이다.

도둑질을 해 가면 당연히 물건을 함부로 두고 다니지 못하
겠지만, 이렇게 감춰 둔 걸 용케 다시 찾는다 해도 그들은 더
이상 두고 다니지 못할 것이다.

실제로 사람의 손을 탔다는 증거인 셈이니까.

"그러니 그들이 뭐라고 하든 전 상관없지요."

노형진은 웃으면서 라이트를 켰다.

"자, 더 해가 지기 전에 어서 내려가죠, 후후후."

⚖️

다음 날 다시 산에 올라간 8팀은 입을 쩍 벌렸다.

"자…… 장비가?"

"장비 어디 갔어? 장비들?"

"이런 씨발! 장비 다 어디 갔어?"

그들은 다급하게 주변을 둘러봤지만 보이는 것은 없었다.

당연하다. 보이지 않는 곳에 감춰 놨으니까.

"어제 뭐라고 했지요?"

최정화는 그런 8팀을 보고 비웃음을 날렸다.

"분명 어제 그러셨죠? 책임지겠다고?"

"그건…….."

분명 그랬다.

그리고 최정화는 자신이 녹음 중이라고 분명 사전에 고지

했다.

"이 문제는 바로 징계위원회에 회부하겠습니다."

다들 통 씹은 얼굴이 되었다.

하지만 몸을 돌려서 내려가는 최정화를 말릴 수가 없었다.

"씨발, 좆 되어 버렸다."

누군가의 말에 다들 아무런 말도 하지 못했다.

8팀은 결국 징계위원회에 회부되었다.

회사의 사주를 받아서 최정화를 괴롭혔지만 규정대로 한

다고 하자 대응 방법이 없었던 것이다.

"야! 너희 일 제대로 안 해!"

"그게…….."

8팀은 죽을 맛이었다.

징계도 징계지만 최정화가 규정대로 하자 일을 할 방법이 없었던 것이다.

올라가는 것도 힘들어 죽겠는데 내려올 때도 그 장비를 가지고 와야 한다.

문제는, 내려올 때 짐을 가지고 내려오면 위험도 때문에 천천히 내려와야 해서 최정화의 말대로 규정된 근무시간을 지키려면 4시부터 하산해야 한다.

그러다 보니 산 타고 산 내려가는 시간 빼고는 하루 평균 근무시간이 두 시간에서 세 시간밖에 안 된다는 거다.

"최 팀장! 지금 개기는 거야?"

"어머, 전 규정대로 하는 건데요?"

"규정? 규저엉?"

"네. 규정대로 했다고 절 해직하시게요?"

"크으……."

장거세는 혈압이 오르는 기분이었다.

그냥 평소처럼 쉽게 그만둘 거라 생각했는데 예상과 전혀 다르게 돌아가기 시작한 것이다.

'사람이 그만두기로 맘먹고 막나가면 얼마나 무서운지 한

번 느껴 보시지.'

최정화는 그런 장거세를 보며 차갑게 말했다.

"그런데 제 학원비는 언제 주실 거예요?"

"뭐야?"

"전에 말씀드렸다시피 학원비는 주셔야지요. 그래야 일을 배우죠."

"이런 미친! 그런 것 못 줘! 어디다 대고 달라는 거야!"

"그래요?"

최정화는 어깨를 으쓱했다.

그리고 그다음은 정해졌다.

⚖

"친애하는 재판장님, 원고 최정화는 원래 행정 업무를 하기 위해 취업한 사람입니다."

노형진의 목소리를 들으며 장거세는 기가 막혔다.

'이게 뭐야?'

자신에게, 아니 회사에 학원비를 내놓으라고 건 소송.

"그럼에도 불구하고 피고 측은 최정화를 갑자기 전혀 경험도 없는 전기 매설 부분으로 발령했습니다."

노형진의 말에 상대방 변호사는 다급하게 반박했다.

"판사님, 하지만 보직 발령 문제는 명백하게 회사의 권한입니다."

'알아, 새끼야.'

그가 변론을 하려고 한다는 건 안다.

하지만 노형진은 그가 방향을 전혀 잘못 잡았다는 것도 안다.

"누가 뭐랍니까? 피고 측 변호인, 저희가 제출한 소장을 제대로 읽어 보기나 했습니까?"

"뭐요?"

"저희는 이번 발령이 잘못되었다고 주장하는 것이 아닙니다. 원고는 해당 보직에서 근무하겠다는 의견을 확실하게 했습니다."

"그건……."

"문제는 원고에게 그 업무에 관련된 어떠한 경험도 없고 정보나 지식도 없고 심지어 체력도 안된다는 것입니다. 그래서 원고는 해당 업무를 진행하기 위한 최소한의 지원을 회사에 요구하는 바입니다."

"최소한의 요구요? 1년간의 학원비와 피티 비용이?"

"당연한 거 아닙니까? 회사에서 보직 발령한 경우, 그 보직에 대해 교육 책임은 회사에 있는 거 아니었던가요?"

"그건……."

신입 사원이 새로 들어온다면 그가 할 수 있는 일은 사실상 전무하다.

대학에서 회계니 경영이니 전공해도 이론과 실전은 완전히 다르니까.

'죄다 경력직을 찾는 데에는 다 이유가 있지.'

심지어 인턴조차도 경력직을 찾는 게 요즘 세상이다.

왜 그러냐면 회사에서 가르치기 귀찮기 때문이다.

원래대로라면 사람을 뽑아서 가르치고 계속 써야 한다.

하지만 시대가 바뀌고 인턴 제도가 바뀌자 회사는 아예 경력직을 뽑아서 인턴으로 3개월간 써먹고 그 후에 계약직으로 적당히 부려 먹다가 자르기를 반복해 왔다.

그래서 어느 순간 가르치는 것이 회사의 책임이라는 것을 망각한 것이다.

"원고는 분명 해당 업무에 대한 근무를 하겠노라고 했습니다. 하지만 그 전문 지식이 부족한 만큼 그 업무를 진행하는 데 있어서 필요한 지식을 전해 줄 방법을 회사에서 찾는 것이 마땅하다고 생각합니다."

"그래서 팀장으로……."

"팀장으로 근무하면서 배우는 건 불가능합니다. 자기 업무도 바빠 죽겠는데 누가 가르쳐 줍니까? 더군다나 후임도 아니고 팀장인데, 누가 가르쳐 줍니까? 그렇기에 원고 최정화 씨는 그들의 무시로 인해 배우는 것도 불가능했습니다. 제가 제출한 갑제9호증을 봐 주시기 바랍니다. 해당 팀원의 일부가 원고 최정화 씨를 모욕해서 이루어진 모욕 고발 사건

기록입니다."

"……."

"즉, 원고는 최대한 배우려고 노력했습니다만 해당 팀원들은 가르쳐 줄 의사가 없었습니다. 그렇다면 당연히 회사에서는 다른 방식으로 배울 수 있게 방법을 찾아 줘야 한다고 생각합니다."

노형진의 말에 피고 측 변호사는 말문이 막혔다.

지금까지 업무가 부당하다는 소송은 여러 번 했고 이겼지만, 업무는 맞으니까 일 배우게 돈 내놓으라는 소송은 처음이니까.

"재판장님, 하지만 상식적으로 이건 말이 안 됩니다. 해당 업무는 일반적으로 여성이 할 수가 없는 업무입니다."

하도 답답한 나머지 하소연하듯이 변론을 한 피고 측 변호인.

그런데 그게 실수였다.

"피고 측 변호인, 그거 지금 '여혐' 하는 겁니까?"

"뭐요?"

"여성 혐오 말입니다. 왜 여자가 할 수 없다고 선을 그어 놓고 주장합니까? 지금 여자가 소방관도 하고 경찰도 하는데, 왜 전선 매설 작업은 못한다고 생각합니까? 원고 측은 할 수 있다고 주장하는데요."

"그건……."

여혐이라는 말에 피고 측 변호사는 움찔했다.

그런 말을 잘못해서 찍혀 버리면 인생이 고달파지기 때문이다.

하지만 이미 때는 늦었다.

"그리고 변호사의 주장대로라면 이번 발령 자체가 잘못된 겁니다. 안 그런가요? 여자가 할 수 없는 업무라는 것을 알면서도 왜 거기에 배치했습니까?"

"그건……."

아차 싶었던 피고 측 변호사는 눈을 데굴데굴 굴렸지만 자신의 말실수를 무마할 방법은 없어 보였다.

"회사의 업무 수행 판단 능력을 너무 우습게 보신 것 같네요. 회사에서는 원고가 그게 가능하다고 생각해서 배치한 겁니다. 원고 역시 그걸 할 의지가 있고요. 다만 문제 되는 것은 원고의 실력과 경험입니다. 원고는 피고 측의 업무를 대행하는 자로서, 해당 업무에 관한 일을 진행하기 위해서는 원고에게 그 관련된 기술을 피고 측이 가르칠 의무가 있다고 주장하는 바입니다."

"으음……."

판사는 애매한 표정이 되었다.

두한이 무슨 목적으로 그녀를 그렇게 발령했는지 모르는 바는 아니지만 이번 경우는 노형진이 맞기 때문이다.

"재판장님, 하지만 다른 사람들은 대학 등지에서 그 관련 기술을 배우고 옵니다! 그 돈을 기업이 내지는 않지 않습니까?"

"그건 입사 이전의 문제이지요. 입사 이후에 회사에서 유학도 보내 주고 학원비도 내주는 곳 많습니다. 더군다나 대학은 일을 배우는 곳이 아니라 지식의 전당입니다."

아무리 취업률에 목매는 것이 현실이라 해도 대학이 지식의 전당인 것은 부정할 수 없는 사실이다.

"더군다나 원고는 대학에서 회계학을 전공한 인재입니다. 그런데 업무는 비서 업무를 진행했지요. 대학에서 배운 대로 직업을 가진다면 그에 맞는 직업을 가지는 사람이 얼마나 되겠습니까?"

피고 측 변호사는 입술을 깨무는 것 말고는 어떻게 방어할 방법이 없었다.

⚖

"그래서 어떻게 하기로 했다고?"

이상주는 비서에게 물었다.

"일단은 그들을 정식으로 제대로 발령하기로 했습니다, 소송이 계속되고 있어서. 그리고 아시다시피……."

문득 이상주가 손을 들어서 그의 말을 끊었다.

"알고 있네. 내가 알고 싶은 건 그게 아니야. 도대체 그 노형진이라는 놈이 어떻게 된 거냐는 거야."

"그게…… 죄송합니다."

똑같은 놈에게 한 번 당하는 것은 실수다.

그런데 벌써 세 번째 당하는 거다.

"제대로 된 해결책도 만들지 못하고 말이지. 지금 우리가 손해가 얼마나 많은지 아나?"

"하지만 노형진을 건드리기에는 위험부담이 너무 커서……."

"그 망할 놈을 사고로도 죽여 버릴 수 없다는 게 말이나 된다고 생각하나?"

"마이스터의 그에 대한 보호가 너무 심합니다."

지난번에 암살자를 보내려고 했던 계획은 자신들이 몇백 억의 손해를 보면서 실패했다.

그랬기에 그 뒤에 마이스터가 있다는 것을 알아내는 것은 어려운 일이 아니었다.

"설사 암살에 성공한다고 해도 그들이 암살의 배후로 우리를 지목할 게 뻔한지라……."

"으음……."

아무리 두한이 한국의 거대 기업이라고 해도 세계적 투자 회사인 마이스터에 비할 바는 아니다.

그들이 노형진의 암살을 핑계로 전쟁을 선포하기만 해도 두한의 주가는 시궁창으로 처박힐 수밖에 없다.

보복이 문제가 아니라, 세계의 어떤 투자회사도 투자자를 암살하는 기업에 투자하지 않을 테니까.

수틀리면 암살하는 놈들인데 투자했다가는 투자금도 못 뺄 것이 뻔하지 않은가?

그러니 당연히 어떤 투자도 하지 않으려고 할 것이다.

그 상황에서 실제 보복이 들어오기 시작하면 두한이 증발하는 것은 순식간일 것이다.

"몰래 하고 싶지만 아시다시피 마이스터의 정보력은 세계 제일입니다. 심지어 미 정부도 알아내지 못한 사건들을 예측하거나 해결하면서 막대한 수익을 내고 있습니다. 실제로도 CIA가 그들에게서 막대한 이익을 거두고 있다는 의심도 받는 상황이고."

음험하게 뒤에서 조용히 일을 꾸미는 것이 두한의 스타일이다.

하지만 뒤에서 조용히 일을 꾸미기에는, 노형진이라는 존재는 너무 거물이었다.

"그렇다고 이런 식으로 길이 막혀 버리면 곤란한데."

두한의 이미지는 청년을 잘 고용하는 젊은 기업.

하지만 실제로는 나이 먹으면 가차 없이 잘라 버리는 잔인하고 혹독한 기업이라는 이면이 숨어 있다.

쉽게 말해서 쌀 때 고용해서 부려 먹고 힘이 빠지면 자르는 것이다.

그런데 이런 식이면 나이 먹은 직원들을 자를 수 있는 방법에 한계가 있다.

매년 직원의 10%는 잘라야 그만큼을 뽑는데 말이다.

"일단은 노형진에 관한 문제는 그냥 둬야겠군."

이상주 회장은 탐탁지 않게 이야기했다.

"대신에 자를 놈들을 모조리 지방으로 발령 내 버려. 무슨 뜻인지 알지?"

"네, 알겠습니다."

두 가지 방법이 사라지기는 했지만 아직 한 가지 방법이 남았다는 걸 그들은 알고 있었다.

⚖️

"두한에서 지방 발령을 냈다고요?"

"네."

지난번 사건이 있고 시간이 좀 지나서 찾아온 최정화와 남민종의 말에 노형진은 눈을 찌푸렸다.

'이 새끼들 봐라.'

저절로 얼굴에 짜증이 떠올랐다.

대기 발령과 보직 변경 문제는 어느 정도 해결되었지만, 사실 지방 발령 문제는 노형진이 터치하지 않았다. 실제로 지방에 인원을 내려보내야 하는 일은 많기 때문이다.

모든 사람들이 본사에서 근무하고 싶어 하지만 전국을 다 아우르는 대기업이 그럴 수는 없으니까.

"너무 뻔하게 보이는 방식을 쓰는군."

김성식은 혀를 끌끌 찼다.

뻔하다. 두 가지 방법 대신에 최후의 방법을 쓰기 시작한 것이다.

"저는 광양에 배치되었습니다."

"저는 순천요."

남민종과 최정화는 긴 한숨을 내쉬었다.

"그리고 두 분은 이동할 수 없지요?"

"무리입니다."

남민종 같은 경우는 자녀가 있고, 현재 한창 학교에 다니는 나이다.

심지어 한 명은 고 3이다.

이사할 수 있는 여건이 아니다.

최정화는 늦게 결혼한 상황이고 남편의 직장은 이곳 서울에 있다.

"저 같은 경우는 그나마 주말부부라도 가능하지만요."

하지만 최정화는 불가능하다.

결혼한 지 얼마나 되었다고 주말부부를 한단 말인가?

더군다나 그녀는 가능하면 빨리 아이를 가지고 싶어 하고 있다.

"망할 놈들."

노형진은 머리를 흔들었다.

'이 새끼들은 봐줘도 지랄이네.'

노형진이 지방 발령을 건드리지 않은 것은 실제로 그러한 지방 발령이 회사의 운영에 필요하기 때문이다.

물론 해직의 방식으로 쓰기도 하지만, 사실 그런 경우보다 운영상 필요한 경우가 더 많기 때문에 나름 봐준 것이다.

'하긴, 제 버릇을 개 줄까.'

두한에서 착취가 어떤 식으로 이루어지는지 아는 노형진 입장에서는 한숨만 나온다.

물론 기업 입장에서는 어쩔 수 없다고 할지도 모른다.

실제로 지금 방식을 쓰지 않으면 두한에서 지급해야 하는 인건비는 두 배까지 늘어날 수도 있다.

'그렇다고 사람을 무슨 폐품 취급을 해?'

노형진은 입술을 깨물었다.

모든 사람이 승진할 수는 없겠지만, 그렇다고 해서 그들을 수명이 다한 물건처럼 버리면 안 되는 노릇이다.

그들도 가족이 있고 삶이 있는 사람이니까.

하물며 두한은 지금 매년 최고 수익을 갱신하는 중이다.

그런데 거기에는 함정이 있다.

획기적인 물건을 팔거나 기존 물품의 판매량이 늘어난 게 아니다.

점점 더 많은 사람들을 자르고 그들을 비정규직으로 돌려 그 수익을 빨아먹는 것뿐이다.

"노 변호사, 어떻게 할 생각인가? 이 부분은 우리 입장에서도 좀 곤란한데."

재판부에서 일반적으로 생각하는 합리적 출퇴근 시간은 최대 두 시간 삼십 분.

그들이 그렇게 출퇴근을 하지 않으니 그 시간 동안 움직이는 게 얼마나 힘든지 모르는 것이다.

더군다나 KTX를 타면 사실상 어지간한 도시는 다 그 시간 안에 들어간다.

"교통비라도 요구할 건가? 하지만 그런 건 특약이 없으면 인정되지 않을 텐데."

"교통비뿐이 아니죠."

주거비나 식비 같은 경우도 계약서상의 특약이 없는 경우 본인 부담이다.

"회사 규정에 따르면 중식은 제공이에요."

"그건 별반 의미가 없고요."

노형진은 어깨를 으쓱했다.

"이건 진짜 방법이 없네요."

일반적으로 회사의 출근 시간은 아침 9시다.

두 시간 삼십 분의 출근 시간을 생각하면 아침 6시 30분에 출근해야 한다는 뜻이다.

출근 시간의 정체까지 고려해 보면 아무리 못해도 새벽 6시에는 출근해야 한다.

재판부에서는 평균을 따지지 러시아워를 따져 주지는 않으니까.

"그러면 못해도 새벽 5시에는 일어나야 한다는 건데요. 퇴근도 문제군요."

두한 같은 곳은 야근이 흔하다.

야근은 기본, 철야는 옵션이다.

그렇게 계산하면, 재수 없으면 하루에 두 시간도 못 자는 날도 있다는 거다.

사실상 사람을 말려 죽이는 거다.

"그렇다고 따로 살자니 돈이 엄청나게 들 테고."

다른 거 다 포기하고 발령된 사람 혼자 사는 것도 방법이 있다. 하지만 고시원에서 산다고 해도 기본 30만 원에, 아무리 못해도 이것저것 하면 150만 원 이상은 추가 지출될 수밖에 없다.

당연히 삶의 질도 개판이 될 수밖에 없다.

"이사는 불가능한가요?"

"저를 포함해서 대부분은 그렇지요."

지방 발령을 할 때 보통 선정되는 사람은 20대 젊은 남자다. 지방 발령할 때 주거지를 옮겨야 하는 부담감이 덜하기 때문이다.

"하지만 저희 나이 또래는……"

아이들의 학교 문제나 담보로 산 주택 등 해결할 게 산더

미인지라 옮기는 것이 무척이나 힘들다.

"흠…… 이건 방법이 없을 것 같은데."

김성식은 걱정스럽게 말했다.

"법적으로는 방법이 없겠지만……."

"네?"

"크로스 카운터는 노려 볼 수 있을 것 같은데요?"

"그게 무슨 말인가? 크로스 카운터라니?"

"현 상황에서 말입니다, 법적으로는 사실 방법이 없지요."

누가 봐도 부당한 발령이 맞다.

하지만 재판부의 두 시간 삼십 분 판례가 문제가 된다.

"그렇다고 계약서를 갱신하자고 하면 불리해지는 건 이쪽
이지요."

두한에서 그걸 받아 줄 이유가 없으니까.

"그러니까 드러누워야지요."

"뭐? 드러눕다니? 파업이라도 하라는 건가?"

남민종은 고개를 흔들었다.

"저희 회사에는 노조가 없습니다. 아니, 있기는 한데 애초
에 어용 노조라……."

어용이라고 부르기에도 애매하다. 그들은 철저하게 기업
가를 위해 움직이지 노동자를 위해 움직이지는 않는다.

"파업을 하자는 게 아닙니다. 적절하게 쉬자는 거죠."

"어떻게 말인가?"

"두한에서 이용한 판례는 편도 두 시간 삼십 분 이내는 출퇴근에 합당한 시간이라는 거죠."

"그렇지?"

"그런데 우리가 쓸 만한 다른 판례가 있습니다."

노형진은 씩 웃었다.

"그러기 위해서는 사람을 좀 모아야겠네요."

그동안 괴롭히던 사람들이 여럿 있었을 것이다.

그들을 자르는 걸 멈추지는 않을 테니까.

"사람을 모으라는 게, 같은 지역으로 발령된 사람들을 모아야 한다는 소리인가요?"

"네. 그들이 모여서 같이 버스를 대절하시면 됩니다."

남민종은 고개를 갸웃했다.

"그게 근본적인 해결책이 되지는 않을 것 같은데요."

"근본적인 해결책은 안 됩니다. 하지만 기업에 압박은 될 겁니다. 그리고 그거 말고도 회사의 직원으로서 하실 수 있는 방법은 많지요. 후후후. 아마 두한은 이번 일을 엄청나게 후회할 겁니다."

노형진은 이런 상황에서 쓸 만한 판례를 떠올리고 있었다.

⚖

얼마 후 남민종은 자신과 같은 처지의 사람들을 불러 모았다.

기존에 대기 발령이나 보직 변경을 당하던 사람들이 모조리 원거리 발령을 받았기 때문에 그 숫자는 적지 않았다.

"여러분들은 지금부터 그냥 출퇴근하시면 됩니다."

"이러면 확실히 편하기는 하지만……."

각자 자가용이 아니라 버스로 움직이는 것이니 움직이기 편하기는 하다.

부족한 잠은 차에서 잘 수도 있으니까.

"그래도 근본적인 해결책은 아닌데요."

"근본적인 해결은 불가능합니다. 두한이 어떤 회사인데요."

남민종은 아무런 말도 못 했다.

노형진의 말대로 음험하기 이를 데 없는 회사라는 걸, 근무했던 자신이 가장 잘 알고 있기 때문이다.

"걱정하지 말고 출퇴근하세요."

노형진은 웃으며 말했다.

"그러면 조만간 해결책이 나올 겁니다, 후후후."

⚖

노형진이 그냥 출근하라고 했을 때 남민종은 도대체 왜 그러나 하는 생각을 했다.

더군다나 버스를 동원해서까지 출퇴근이라니. 전혀 이해가 가지 않았다.

하지만 어느 정도 자리가 잡히고 나자 노형진이 한 말에 그는 머리가 띵해졌다.

"감사요?"

"네. 사실상 감사를 하시면 됩니다."

"이해가 안 가는데요?"

"전에 했던 업무의 연장이죠. 직원으로서 회사의 이익을 보호한다."

"네?"

"이런 지점들은 나름의 룰이 있습니다. 사실 FM대로 돌아가는 곳은 거의 없죠."

"그건 압니다."

남민종은 고개를 끄덕거렸다.

지방으로 발령받아서 내려가면 가장 힘들어하는 것 중의 하나가 그런 룰과 분위기에 익숙해지는 것이다.

"그런데 지금 두한에서는 여러분을 자를 생각에 한꺼번에 지방 발령을 했죠."

"그건 그런데……."

"그리고 거기서 여러분들이 할 일이 있나요?"

"하아, 없죠."

공식적으로야 일거리를 준다고 하지만 애초에 좌천으로 내려보내는 지점들의 규모는 뻔하고, 이미 그 일을 하기 위해 고용된 지점 근무자들이 있다.

"난데없이 사람들이 내려간다고 해도 그들이 반기지는 않을 겁니다."

"그건 그렇죠."

그들도 안다. 그렇게 내려온 사람은 퇴출 대상이고, 애초에 오래가지 못한다는 것을.

"그러면 여러분들은 할 게 없죠. 시간이 남을 겁니다."

"그래서요?"

"그러면 모여서 기존 서류를 분류하고 파악하고 검열할 수 있죠."

노형진은 살짝 웃으며 말했다.

"여러분들은 지방으로 좌천된 게 아닙니다. 여러분이라는 세력이 지방으로 옮겨 간 거죠."

남민종은 머릿속에서 '쾅!' 하는 소리가 들린 것 같았다.

자신들이 좌천된 게 아니다.

세력이 옮겨 간 거다.

"개개인이 아니라 사실상 두한에서 버려진 사람들이 거기에 간 겁니다. 지금 광양 지점에 대한 실권은 누가 가지고 있지요?"

"광양 지부장이 가지고 있지만⋯⋯."

하지만 숫자는 자신들이 많다.

자신들이 광양으로 발령받기 전에 광양 지점의 근무자는 고작 일흔 명이었다.

그런데 자신들은 아흔 명이다.

"여러분들은 본사에서 모든 걸 다 배운 분들이죠. 규정을 알고 업무 방식을 알고 있습니다. 그걸 가지고 지점을 파고든다면 어찌 될까요?"

"온갖 비리가 나오겠군요."

기업이든 국가든 중앙의 통제에서 벗어나기 시작하면 부패는 급속도로 이루어진다.

그건 시골 지점도 마찬가지다.

"여러분들은 그들을 회사원으로서 고발할 수 있습니다."

"고발이라니……."

"그러면 상황은 어떻게 될까요?"

기존 세력의 기록을 조사하면 그들의 횡령이나 범죄 사실을 잡아낼 수 있을 것이다.

그리고 그들을 해직하고 나면 그곳에 남는 사람들은 다름 아닌 좌천으로 내려온 이들이다.

"그들이 뭉쳐서 지점을 통제하는 겁니다."

"으음……."

노형진의 말이 아예 불가능한 것은 아니었다.

그의 말대로 온갖 서류에 통달하고 근무 규정을 알고 있는 게 자신들이다.

자신들이 규정대로 한다고 하면 기존의 사람들은 놀랄 수밖에 없다.

"본사는 여러분들을 쫓아냈다고 생각하겠지요. 하지만 사실상 자신들의 반군을 모아 둔 것이나 마찬가지입니다."

"반군요?"

"해직의 대상이라는 것. 그 자체가 반군 아니던가요?"

"……!"

그들이 지금까지는 본사에 있었다.

그들은 서로 떨어져 있었고 또 세력도 작았다.

하지만 이제는 아니다.

세력도 많고 서로 뭉쳐 있다.

"이제 그 지점의 모든 비리를 들쑤시기 시작해야 합니다."

비리가 없을 수가 없다.

깨끗하게 운영하려고 하는 대룡조차도 지점을 들쑤시면 비리가 튀어나오는데, 하물며 두한이야.

"그걸 가지고 기존 세력을 쫓아낼 수 있지요. 아마 그것만이 아닐 겁니다."

대부분의 본사는 그런 비리를 통해 비자금을 조성한다.

그게 고발이 되면 당연히 본사는 심각한 타격을 입는다.

"이게 아 다르고 어 다르다는 거군요."

자신들은 좌천당했다.

쫓겨났다고 생각했지, 자신들이 세력을 만들었을 때의 파급력은 전혀 생각하지 못했다.

"이제 여러분들이 해야 하는 건 그곳을 싸그리 뒤집는 겁니다, 후후후."

"뭐라고?"

이상주는 벙 찐 표정이 되었다.

지점으로 보낸 사람들이 지점을 들쑤셔서는 모조리 경찰에 고발했단다.

"지금 그게 무슨 말이야?"

"그게…… 지점으로 쫓아낸 사람들이 지점 서류를 점검해서 탈세와 횡령을 찾아내 경찰에 고발했답니다. 그런데 그 규모가 작년 기준으로만 1조 3천억에 달한다고……."

"……."

이상주는 어이가 없었다.

지점들을 이용해서 비자금을 만드는 건 공공연한 비밀이었다.

그런데 그런 곳을 들쑤실 줄이야.

"이놈들……."

이상주는 이를 빠드득 갈았다.

하지만 이미 고발이 진행되었고 지점장을 비롯해서 해당 지점의 사람들은 줄줄이 경찰에 불려 가고 있다.

그리고 증거가 확보된 이상 그들은 빼도 박도 못하고 처벌

을 받을 테니, 회장 입장에서는 그들의 고용 상태를 유지할
수가 없다.

당장 횡령이 뻔하게 드러날 테니까.

'이건 생각도 못 했어…….'

그냥 지방으로 발령되면 발악하다가 지쳐서 나가떨어질
거라 생각했다.

하지만 이런 식이면 곤란하다.

오히려 기존의 지점 사람들이 나가떨어지면 자신들이 비
자금을 만들 창구가 사라진다.

그건 그나마 최선이고, 최악의 경우 관련 첩보를 받은 경
찰이 자신에게 달려들 게 뻔하다.

작년 한 해에만 1조 3천억대 비자금인데 그걸 경찰이 깨끗
하다고 생각할까?

아니면 큰 건이라고 생각해서 파고들까?

'노형진…….'

지금까지 없었던 일.

그걸 생각해 낼 만한 단 한 사람, 노형진.

그런 생각에 이상주는 이를 악물었다.

하지만 급한 건 노형진이 아니었다. 이게 정치권으로 비화
되기 전에 막아야 했다.

"그놈들을 당장 해고해."

"그게, 자문을 받아 보니까 회사의 일원으로서 회사의 손

실을 막은 거라 해직은 불가능하다고……."

"큭."

물론 다른 방법으로 잘라 낼 수 있다면 좋겠지만 그 모든 방법이 노형진에게 막혔다.

"그나마 사건을 수습하는 건 그들을 불러와서 감시하면서 뭉치지 못하게 하는 거라고……."

"끄응."

이상주는 자신이 졌다는 걸 인정해야 했다.

최소한 지금은 말이다.

"어떻게 해서든 수습해 봐."

이상주는 이를 박박 갈면서 이 문제를 어떻게 해결해야 할지 고민하느라 머리가 아파 왔다.

하지만 그의 문제는 거기서 끝이 아니었다.

⚖️

"아이고, 나 죽네."

"아이고, 어무이."

병원에서는 신음이 흘러넘치고 있었다.

두한에서 파견된 변호사는 이 상황에 머리가 아파 왔다.

"그러니까, 칼치기를 하던 트럭 때문에 버스가 쓰러졌다고요?"

출근길에 버스가 쓰러졌다.

다행히 죽은 사람은 없었지만 지방 출근하던 사람들이 다들 끙끙거리면서 드러누워 버렸다.

"아, 미치겠네."

안 그래도 저놈들 때문에 회사가 발칵 뒤집어졌는데 사고 당했다고 드러누워 버리니 자신이 저놈들을 조사할 수가 없게 되었다.

'이거 어쩐다?'

자신의 임무는 저들의 약점을 찾는 것.

그런데 약점을 찾기도 전에 입원부터 했으니 쉬운 일은 아닐 듯했다.

'일단은 올라가서 법무 팀장에게 이야기를 하고.'

그가 막 몸을 돌리려고 하는 찰나. 건장한 사내 세 명이 그에게 다가왔다.

"두한에서 나온 변호사시라고요?"

"네? 아, 그렇습니다만."

"빨리 움직이셨네요."

"네, 뭐……."

원래 자신이 온 목적은 그게 아니지만 사실대로 말할 수 없어서 그는 고개를 끄덕거렸다.

"어찌 되었건 이 문제에 대해선 저희 쪽에서도 조사를 해야 하니까……. 그런데 저기, 어디 분들이신지?"

정부 쪽 사람 같은데 경찰 같지는 않아 보였기 때문에 변호사는 조심해서 물었다.

"네? 저희 때문에 오신 게 아닌가요?"

"아뇨. 전 다른 일 때문에 왔다가 급하게 여기로 온 거라서요. 사전에 이야기는……."

"아, 그래요? 저희는 노동부에서 나왔습니다."

자신의 신분증과 명함을 건네는 세 사람.

변호사는 그걸 받아 들고 고개를 갸웃했다.

"노동부에서요? 그런데 왜 여기에 오신 겁니까?"

"출근하다가 사고 났다면서요?"

"그렇습니다만."

"출근길도 산재에 들어갑니다. 저분들 변호사가 산재 신청했습니다."

그 말에 두한의 변호사는 뒤통수가 얼얼해지는 기분이었다.

그랬다. 판례에 따라서, 출근길이었다면 그사이에 벌어지는 사고는 산재다.

그리고 산재가 터지면…….

'이런 염병.'

회사에 마이너스 점수가 매겨진다.

그리고 안전시설이 미흡한 경우 그에 따른 처벌이 이루어진다.

"지금 이 경우에는 안전시설에 대한 지원이 전혀 없었지요."

누군가가 변호사의 어깨에 손을 올렸다.

변호사는 고개를 돌렸다가 입술을 깨물었다.

"노형진 변호사……."

"아이고, 저를 알고 계시네요."

노형진은 그를 보면서 살짝 미소 지었다.

"버스도 회사에서 지원해 주지 않아서 자비로 빌리게 하시고, 거기에다 집에서 무려 두 시간 삼십 분 거리에 달하는 비합리적인 출퇴근 거리로 인한 교통사고니까 벌금 좀 나오실 겁니다. 물론 산재 처리했으니까 보험금도 오를 테고요. 아, 그리고 치료비도 회사에서 내야 하는 거 아시죠?"

노형진의 말을 들으면서, 두한의 변호사는 지금이라도 두한에 사표를 써야 하나 하는 생각이 들었다.

⚖

"산재 처리라……."

버스 사고가 언론에까지 나가고 그게 무려 두 시간 삼십 분이나 되는 긴 출퇴근 시간 때문이라는 이야기가 나오자 두한의 이미지는 개판이 되었다.

수백억을 들여서 만든 좋은 이미지가 바닥을 치는 건 반나절이면 충분했다.

"그 사고가 우연인 건 확실해?"

"네, 확실합니다."

이상주는 머리가 지끈거렸다.

이건 진짜 생각도 못 한 악재였다.

안 그래도 그놈들이 지점들을 다 박살을 내 놔서 곤란해 죽겠는데 사고가 나서 아프다고 드러눕고 산재까지 신청하니 해직할 수도 없었다.

결국 그들은 다 나으면 또다시 복직할 것이다.

그리고 무한 반복이다.

그걸 막는 방법은 하나뿐이다.

"당장 그놈들 다시 불러와. 그리고 서로 다른 부서에 배치하고, 아무리 허접해도 뭐라도 시키고…… 그리고……."

긴 한숨을 쉰 이상주.

"경찰청장이랑 검찰총장이랑 식사 자리를 마련해 봐."

이번 일을 무마하는 데 얼마나 많은 돈이 들어갈지, 그는 생각만 해도 머리가 지끈거렸다.

⚖

"이건 진짜 생각도 못 했는데?"

김성식은 기가 막혔다.

지방으로 좌천되면 그걸로 끝일 거라 생각했다.

그런데 상황은 반전되었다.

"지방에 좌천성 발령을 받을 정도 나이면 회사 업무에 관해서는 빠삭하죠."

어디서 뭘 털면 무슨 먼지가 나올지 알고 있으니 그들이 내려와서 털기 시작하기만 하면 지점은 난리가 났다.

"이제는 아마 지점들에서 곡소리 날 겁니다."

지점 발령으로 대량으로 내려보냈던 사람들이 지점을 박살을 내 놨으니, 다른 지점들에서 서울 본사에서 내려오는 사람을 받으려고 할 리가 없다.

당장 그게 문제가 아니라 그들을 다시 올려보냈는데 정작 지점은 박살 났으니, 그 지점을 복구하려면 두한은 머리깨나 아플 수밖에 없을 것이다.

"인간과 마찬가지로 조직도 유기적이죠. 상부가 부패했는데 지점이 깨끗할 수는 없죠."

그리고 직원들이 그 상처를 후벼 팔 수 있다는 걸 알면 두한은 무서워서라도 좌천성 인사를 할 수가 없다.

"나중에는 모르지만요."

현재로써는 그들이 써먹던 해직 방법이 다 막혀 버린 셈이다.

"그나저나 산재 처리라니, 그건 진짜 우연인가?"

"당연히 우연이지요. 제가 아무리 승리에 미쳤어도 버스를 자빠트리지는 않습니다."

사실 노형진의 계획은 적당히 출퇴근하다가 과로로 쓰러진 척하게 시키려는 것이었다.

그 정도 출퇴근 시간이면 충분히 과로가 인정될 만한 여건이니, 그걸로 산재 처리하면 두한은 머리가 아플 거라고 생각은 했다.

"그런데 전복 사고는 진짜 심장이 철렁했습니다."

"그러게 말이야. 다행히 크게 다친 사람은 없어서 망정이지."

김성식은 혀를 내둘렀다. 이걸 도무지 운이 좋은 건지 나쁜 건지 판단하기도 애매했다.

"어찌 되었건 예상대로 산재로 묶어 놔 버렸으니 그들도 장기 파견은 고민 좀 할 겁니다. 뭐 하나 터지면 바로 산재로 묶일 수 있다는 걸 알았을 테니까요."

"허허, 두한에서 당분간 곡소리 나겠군."

"그 곡소리 좀 오래갔으면 좋겠네요."

노형진은 피식 웃으며 말했다.

"가능하면 더 이상 두한 쪽 관련자들은 보고 싶지 않으니 말이지요, 후후후."

"사람이 사라진다고요?"

"네. 이상하단 말이죠."

박구호는 머리를 긁적거리면서 말했다.

박구호는 세풍병원이라는 체인형 병원을 운영하는 대표이지만 특이하게도 취미가 노숙이다.

자신을 완전히 놔 버리는 자유가 좋다나?

그런 그가 노형진을 찾아온 건 의외였다.

"변호사님도 알잖습니까, 내가 노숙자들과 친한 거."

"알죠."

노숙자들과 친할 수밖에 없다.

그는 노숙을 하다가 노형진을 만났고, 노형진이 도와줘서 병원 대표로 돌아온 후에도 뜬금없이 바깥에서 노숙하기를 즐기니까.

"그런데 요즘 노숙자들이 사라진단 말이죠."

"그런 경우야 흔하지 않습니까?"

"흔하죠. 일반적으로는요. 그런데 제가 직업이 의사 아닙니까?"

"그렇지요."

"그래도 친한 사람이라고 생각해서, 죽으면 신원 확인이라도 해 주고 가족들에게 이야기라도 해 주려고 생각해서 이야기를 좀 해 놨거든요."

노숙자들은 죽는다 해도 누구도 슬퍼하지 않고 누구도 신경 쓰지 않는다.

그냥 신원 미상으로 처리될 뿐이다.

"손을 써 두신 거군요."

"그렇죠. 사실 노숙자들의 시체가 발견되면 가는 병원은 뻔하니까요."

그리고 세풍병원의 대표쯤 되면 그들에게 어렵지 않은 부탁은 할 수 있다.

그 부탁은 다름 아니라 노숙자가 들어온 경우 사진이라도 찍어서 보내 주면, 자신이 아는 사람이라면 신원 확인이라도 해 주겠다는 것.

"나쁜 조건도 아니네요."

노숙자라고 해도 무조건 신원 미상 딱지를 붙여 버리고 시체를 화장할 수는 없다.

그래서 경찰에서도 그들의 신분을 확인할 수 있는 방법을 찾기 마련이다.

"아무래도 그 사람들과 같이 지내서 진짜 이름 같은 걸 좀 아니까……."

"그런 거라면 도움이 되겠지요."

상당수 노숙자들은 신분증조차도 없으니까.

"그리고 몇몇은 따로 부탁을 하기도 하고요."

어쩌다 보니 노숙자로 굴러떨어졌다고 해서 가족에 대한 그리움이 없겠는가?

그래서 일부는 주변 인물에게 자신이 죽으면 가족에게나마 소식을 알려 달라고 부탁하곤 한다.

그리고 박구호는 그런 사람들 중에서 상당히 믿을 만한 사람이다.

진짜 노숙자가 아니고 힘을 가진 병원장인 데다가 자신들에게 딱히 편견을 가진 것은 아니니까.

더군다나 오래 노숙을 하다 보면 가족들이 이사를 가거나 하면 찾을 방법이 없다.

본인도 방법이 없는데 부탁받은 다른 노숙자를 경찰이나 동사무소에서 도와줄 리가 없다.

'하지만 박구호 씨라면 괜찮은 선택이지.'

그의 자리가 있으니 경찰에게 협조를 받기 쉬울 것이다.

"뭐, 그건 제 개인적인 선행이라고 해 두죠."

"무슨 뜻인지 알겠습니다. 그런데 사라진다는 건 무슨 말씀이시죠?"

"말 그대로입니다. 노숙자들이 사라지고 있어요. 시신이 나오는 것도 아니구요."

자신이 미리 이야기해 놨으니 그들이 사망해서 병원으로 들어왔다면 그들에 대한 이야기가 나와야 한다.

그런데 그런 것도 없었다.

"그렇다고 다른 곳으로 옮겨 간 것도 아니란 말입니다."

"그래요?"

"노숙자들 세계에서도 텃세가 좀 심한 편이거든요."

노숙자들이 잠을 잘 때, 따뜻한 자리는 그다지 많지 않다.

그러니 새로운 사람이 들어오면 자리 때문에 싸움이 많이 나서 텃세 아닌 텃세를 부리는 경우가 많다.

"그래서 사람들 생각하고 다르게 노숙자들은 자리를 쉽게 안 옮겨요."

당장 자신이 아는 곳에 있으면 언제 어디서 무료 급식을 하는지 그리고 비상시에 어디에 도움을 요청하고 어디서 씻을 수 있으며 어디서 잘 수 있는지 다 알지만, 위치를 옮기게 되면 그런 건 전혀 모르고 기존 노숙인들의 텃세 속에서 하나씩 알아내야 한다.

"저야 뭐, 소주라는 강력한 무기가 있으니까 어렵지 않았지만."

박구호야 자진해서 모든 걸 버리고 노숙을 한 거고, 그래도 돈은 있었으니 동료 노숙자들에게 한 잔씩 사 주는 게 부담이 되지 않았기에 쉽게 녹아들었지만 말이다.

"보통 사람들 생각과는 많이 다르네요."

"네, 그래서 제가 이상하다고 생각하는 겁니다. 벌써 다섯 명이나 사라졌는데 말이죠."

박구호는 머리를 긁적거렸다.

"그런데 경찰은 수사를 안 해요."

"그럴 수밖에요."

노숙자들은 경찰에게는 골칫덩어리나 마찬가지다.

경찰이 그들의 신분을 기억하고 계도하거나 하지는 않는다.

당장 서울역에서 그가 노숙할 때도 그랬다.

"그래서 좀 등골이 오싹해서 말입니다."

"무슨 뜻인지 알겠습니다."

한 명이나 두 명 정도야 갑자기 사라져도 다른 데로 갔거나 가정으로 돌아갔다고 생각할 수 있다.

하지만 무려 다섯 명이 사라졌다.

그런데 알려진 게 전혀 없다.

"다른 노숙자들에게도 확인해 보셨습니까?"

"네, 확인해 봤습니다. 아무도 모르더군요."

"그러면 문제가 심각한데요?"

박구호야 어찌 되었건 이제는 거기에서 나왔으니 연락이 닿지 않는다고 치더라도, 그곳에서 같이 생활하는 노숙자들도 그들이 간 곳을 모른다?

"그런데도 경찰은 수사를 안 하고……. 무슨 뜻인지 아시죠?"

"네, 너무 잘 알죠."

노형진은 눈을 찌푸렸다.

과거 장기 밀매 사건 당시에 가장 많은 피해자가 노숙자들이었다. 노숙자들을 납치해서 살해하고 장기를 밀매했는데 경찰은 아예 신경도 쓰지 않았기에 그 장기 밀매 선박이 발견될 때까지 실종 자체도 인지하지 못했다.

'이놈의 경찰들은 도무지 일을 안 해요.'

노형진은 눈을 찌푸리며 생각했다.

매일같이 수사권을 달라고 하면서 정작 일을 하지 않으니 수사권을 주고 싶지도 않다.

'수사권 받으면 누명이나 안 씌우면 다행이니 이거 원.'

긴 한숨을 쉰 노형진은 입술을 깨물었다.

"그러면 그들을 찾고 싶은 거군요."

"어, 물론 새론이 경찰이 아닌 건 아는데……."

"아닙니다. 이런 문제를 해결하는 게 새론이죠. 아시잖습니까? 저희는 따로 정보 팀 운영하는 거요."

"네, 그래서 변호사님을 찾아온 겁니다."

박구호에게 돈은 넘쳐 난다.

그리고 그의 인생에서 돈은 그다지 의미가 없다.

그에게는 자신과 함께 소주 한 잔을 털어 넣으며 인생을 이야기하던 인연들이 더 소중했다.

"그래서 변호사님이 좀 찾아 줬으면 해서요."

"전부 다 찾아 달라는 건 아니시죠?"

"그럴 리가요. 그냥 꺼림칙한 상황이 아닌지만 확인해 달라는 겁니다."

만일 꺼림칙한 상황이라면 그때는 경찰이 끼어들어야 한다.

만일 아니라고 하면, 자신은 그냥 안심하고 생업에 종사하면 된다.

"알겠습니다. 도와드리지요."

"역시 노 변호사님입니다."

박구호는 씩 웃었다.

"그런 의미에서 오늘 회동에 참석하시겠어요?"

"회동?"

"오늘 제가 자리를 마련했거든요. 아무래도 이야기를 듣기에는 사람들이 한데 모여 있는 곳이 좋지 않겠습니까?"

"이게 회동이냐?"

오광훈은 묘한 표정을 지었다.

"화생방 같은데?"

"넌 군대도 안 갔다 온 놈이 뭔 화생방이여?"

"지금 태클 걸 때야? 냄새가 좀 심한데?"

"조금만 참아. 익숙해질 거야."

노형진은 오광훈을 타박했다.

오늘의 회동, 아니 파티는 확실히 정보를 모을 만한 곳이었으니까.

'하긴, 냉동 삼겹살은 얼마 안 하지.'

박구호가 사비를 들여서 노숙자들에게 삼겹살을 사 준 것이다.

물론 제대로 된 식당에서 사 주는 건 아니다.

어떤 식당이 노숙자를 떼거리로 받아 주겠는가?

그 대신에 근처의 빈 밭을 빌려서 불을 몇 개 피우고 잘라 놓은 냉동 삼겹살을 박스로 쌓아 뒀다.

다른 반찬은 없이 그것과 쌈장 그리고 상추 정도뿐이었지만, 노숙자들에게는 진수성찬이었다.

"캬, 소주 땡긴다."

"소주는 없냐? 소주?"

"그거나 먹어! 얻어먹는 주제에 투덜거리기는."

몇몇이 소주를 찾다가 다른 동료들이 뭐라고 하자 조용히 입을 다물었다.

틀린 말은 아니니까.

세상에 어떤 사람이 노숙자들을 위해 삼겹살을 사 주겠는가?

"쩝…… 진짜 소주 먹고 싶은데."

입맛을 다시는 노숙자들을 보면서 노형진은 피식 웃었다.

"내 부탁은 잘 들어줬네."

"응?"

"아니, 원래 소주가 있었거든."

"진짜? 하지만 없는데?"

"저기 있지."

노형진은 작은 1톤 트럭 탑차를 가리켰다.

"그런데 여기서 소주 풀어 봐라. 뭔 일이 벌어지겠냐?"

"아아…… 그러네."

소주를 푸는 순간 노숙자들은 거나하게 술판을 벌일 것이다.

사전 청취? 싸움에 휘말리지 않으면 그나마 다행이다.

"그래서 조건을 붙였거든."

자신들이 사전 청취를 끝내고 나서야 소주를 풀어 줄 것.

즉, 자신들에게 진술을 하면 그 보상이 소주인 셈이다.

"그러면 훨씬 쉽게 일할 수 있거든."

노숙자들도 자존심이 없는 게 아니다.

아니, 도리어 자존감이 낮아서 자존심이 높은 사람이 많다.

"그러니까 술판에 끼어들어 봐야 싸움밖에 안 난단 말이지."

하지만 보상을 부여한다면 이야기는 달라진다.

"일단 내가 말한 질문 사항은 기억하고 있지?"

"그래."

실종자들에 관련된 정보. 그에 대해 간단하게 물어볼 것이다.

오광훈뿐만 아니라 새론 정보 팀도 도와주기로 했으니 사전 청취 자체는 그다지 오래 걸리지 않을 것이다.

'노숙자들에게 더 이상의 정보를 캐내는 것도 한계가 있을 테고.'

아무리 그래도 서로에게 좀 무심한 부분이 있으니까.

"자, 빨리 끝내자고."

노형진은 오광훈의 어깨를 툭 치고 트럭 앞에 자리 잡았다.

그리고 스피커를 들고 사람들에게 소리를 질렀다.

"여러분! 지금 소주 드시고 싶죠!"

"그걸 당연히 말이라고!"

"하다못해 사이다라도 달라고!"

"그거 여기에 있습니다!"

그 말과 동시에 열리는 탑차.

그리고 그 안에 가득 찬 음료수와 소주.

"우와! 술이다!"

"사이다다!"

다들 환호하는 그때, 노형진은 차분하게 조건을 달았다.

"이거 공짜는 아닙니다."

"뭐?"

"그렇다고 돈을 내라는 건 아닙니다. 저희가 조사하는 게 있는데, 거기에 착실하게 대답해 주시면 바로 불출해 드리겠습니다."

노숙자들은 침을 꿀꺽 삼켰다.

고기가 익어 가는 그 냄새는 정말 미친 듯이 소주를 불러오고 있었기 때문이다.

"금방 끝납니다. 밤은 길고요."

"그러면 설문에 답만 해 주면 바로 먹을 수 있는 거요?"

"아니요. 그러면 아직 하지 않으신 분들과 뒤섞여 버리게 되니 안 됩니다. 여기 계신 분들이 다 끝나면 그때 드리겠습니다."

노형진은 그렇게 말하면서 신호를 보냈다.

그러자 몇몇 사람들이 간이 테이블을 가져다 두고 그 앞에 자리를 잡았다.

"지금부터 앞에 줄을 서시고 거기서 바로 설문에 응해 주시면 됩니다. 여러분들이 잘 도와주실수록 일은 빨리 끝납니다."

노형진의 말이 끝나기 무섭게 사람들은 후다닥 줄을 섰다.

"자, 그러면 시작합니다."

⚖️

청취 자체는 오래 걸리지 않았다.

한 시간 정도 만에 다 끝났다.

조사하는 사람도 많은 데다가, 누가 다급해서 꼬장이라도 부릴라치면 다른 노숙자들의 눈총이 장난이 아니었기 때문이다.

그 후에 술판이 벌어진 건 당연하고, 그 이후의 일은 노형진과 관련이 없다.

"확실히 이상하네."

노형진은 기록을 보면서 눈을 찌푸렸다.

"아무도 모른다는 게 말이 안 되는데."

박구호야 알지 못하지만 그래도 누군가는 실종자들에 대해 알지 않을까 하고 한 설문이었다.

그런데 단 한 명도 실종자들에 대해 알지 못했다.

물론 개개인에 대한 기억은 있다.

하지만 어떻게 사라졌는지는 확실하지 않았다.

"어쩨 등골이 오싹한데⋯⋯."

그 장기 밀매 조직의 배에 산더미처럼 쌓여 있던 사람의 시신. 마치 고기를 분류하듯이 분류해 두었던 장기들.

그걸 보고도 겉으로는 의연한 척했지만 사실 그때 족히 몇 주는 악몽에 시달렸었다.

그 트라우마가 다시 나타나는 것 같았다.

"이거 아무래도 보통 일은 아닌 것 같은데."

노형진의 걱정이 그렇게 늘어 가는 그때 오광훈이 딱 맞춰서 전화를 해 왔다.

　－어, 바쁘냐?

　"아니, 안 바쁜데. 그냥 설문 내용이 영 꺼림칙해서 말이
지. 그나저나 내가 알아보라는 거 알아봤어?"

　만일 목적이 있어서 실종이 계속되는 거라면 분명 다른 지
역 노숙자들도 노릴 거라는 것이 노형진의 생각이었다.

　그리고 오광훈의 입에서는 반갑지 않은 정보가 흘러나왔다.

　－일단 내가 일선 경찰에 알아보라고 하기는 했는데 자세
한 정보는 없더라고.

　"경찰이 노숙자들에 대해 신경 안 쓴다고 따로 알아보라고
했잖아."

　－말을 끝까지 들어야지. 그래서 내가 직접 알아봤거든?
그런데 몇 곳에서 사람들이 안 보인다는 진술이 나왔어.

　"염병."

　최악의 상황이었다.

　"얼마나?"

　－모르지. 말 그대로 내가 노숙자들을 붙잡고 물어본 거라
서 특정도 못 해. 그런데 안양이랑 부천이랑, 하여간 노숙자
들이 모이는 곳에서는 몇 명씩 사라진 모양이야. 서울만큼
많이 사라진 곳은 없는 것 같지만.

　노형진은 꺼림칙한 기분이 현실이 되자 한숨을 내쉬었다.

　"그래서 경찰은 뭐래?"

―신경도 안 쓰던데.

"뭐?"

―내가 뭐 힘이 있냐? 검사라고 하지만 일개 평검사잖아.

노형진의 얼굴이 잔뜩 일그러지기 시작했다.

"노 변호사님, 우리도 바빠요. 고작 노숙자 뒤꽁무니만 쫓아다닐 수는 없지 않습니까?"

노형진은 결국 직접 담판을 지으러 갔다.

하지만 형사과장이라는 인간은 투덜거리면서 노형진에게 도리어 따졌다.

"매일같이 살인 사건이 튀어나오고 강도 사건이 튀어나오는데 술 처먹고 어디서 뒈졌는지도 모르는 놈들을 언제 찾아다닙니까?"

"지금 그게 문제가 아니지 않습니까? 대단위 실종이라고요! 그런데 느끼는 거 없습니까?"

"뭐, 다른 동네로 갔나 보죠."

어깨를 으쓱하는 경찰.

"더군다나 노숙자들은 신원도 확실하지 않은데 어떻게 추적을 합니까?"

"지난번 사건에서 배운 게 없습니까? 그 당시에 얼마나 많은 사람이 죽었는지 잊었습니까?"

"아, 또 왜 그 사건 이야기를 꺼내십니까?"

불편한 표정이 되는 형사과장.

"그건 중국계 애들이 끼어든 거고, 이건 그냥 실종이잖습니까?"

"그걸 어떻게 압니까?"

"척 보면 착 아닙니까? 애초에 실종 자체가 내륙 쪽인데."

실제로 그 당시 노숙자들이 실종된 곳은 거의 해안 쪽이나 항구도시 쪽이었다.

그들 입장에서는 납치해서 바로 데리고 갈 수 있으니 그쪽을 선호한 것이다.

"하지만 지금은 아니잖습니까?"

실종된 쪽은 내륙 쪽, 그나마도 많이 실종된 것도 아니다.

가장 많이 실종된 서울이 다섯 명. 다른 곳은 한 명에서 두 명 정도.

"장기 밀매 조직이 납치하려면 그렇게 자잘하게 하겠습니까? 저 같으면 그냥 싹 쓸어 가겠네요."

"그건 속단 아닙니까?"

"속단이 아니라 현실이죠. 그리고 이런 말 하면 죄송합니다만, 현실적으로 노숙자들은 가치가 별로 없어요."

"아니, 그걸 지금 말이라고 하는 겁니까?"

"그러면 저희보고 어쩌라고요? 안 그래도 일은 많지 근무

여건은 열악하지 조금만 출동 늦으면 지랄 지랄 하는데, 사고나 치고 다니는 노숙자들을 저희가 어떻게 다 챙깁니까?"

형사과장의 말에 노형진은 긴 한숨을 내쉬었다.

일견 맞는 말처럼 들리기도 한다.

하지만 이건 궤변이다.

"그러면 당신의 가치는요?"

"뭐요?"

"당신의 가치는 재벌가 사람들보다 낮습니까?"

"그게 무슨 말입니까?"

"사회에 도움이 안 되니까 가치가 없다, 그러면 과장님과 재벌가의 목숨을 두고 저울질할 때 구할 사람은 형사과장님이 아니라 재벌가 사람이겠네요?"

"그건…….."

형사과장은 말문이 턱하니 막혔다.

자신의 논리 그대로 공격당하자 뭐라고 할 수가 없었던 것이다.

"형사과장님, 아니 형사과장. 정신 차려. 사람의 가치는 가지고 있는 돈으로 판단되는 게 아니야. 더군다나 형사과장이라는 사람이 돈으로 사람의 가치를 판단해? 어이가 없네."

노형진의 말투가 갑작스럽게 반말로 돌변했지만 형사과장은 찍소리도 못 했다.

발끈해서 한 말이기는 하지만 분명 엄청난 실언을 한 게 사실이니까.

"한 가지는 확실해지네."

노형진은 씁쓸하게 말했다.

"이번 사건, 짭새들에게는 못 맡기겠네."

"짭새라고 했다고? 으하하! 짭새 새끼들 아주 얼굴이 볼만했겠는데!"

오광훈은 신나서 외쳤다.

짭새라는 말. 그건 경찰을 비하하는 용어다.

그래서 일반적으로 경찰 앞에서 쓰지 못한다.

실제로 경찰에게 짭새라고 했다고 모욕죄로 처벌받은 경우도 있다.

"하지만 하는 짓거리를 봐서는 짭새라고 불러도 무방해. 아니, 그건 새 종류에 대한 모독이지 싶다."

인간의 가치를 판단하고 수사를 결정하는 경찰의 태도에 노형진은 혀를 끌끌 찼다.

"내가 조사를 해 달라고 오더 내릴까?"

대한민국에서는 검찰이 수사권을 가지고 있다.

즉, 검사가 수사 명령을 내리면 경찰은 수사를 할 수밖에 없다.

"아니, 그건 아닌 것 같아. 그렇게 명령을 내린다고 해서 그 새끼들이 제대로 수사하겠어?"

"하긴, 그건 그렇다."

도리어 수사를 해서 뭐가 드러나면 경찰이 일 안 하는 걸 인정하는 꼴이 되기 때문에 그들 입장에서는 수사를 더욱 설렁설렁 할 수밖에 없게 된다.

"그냥 경찰을 배제하고 너랑 새론에서 하는 걸로 하자."

"나야 땡큐지."

실력 부족으로 인해 사실 실적이 신통치 않은 것이 오광훈이다.

그가 실적을 쌓으려면 노형진을 거치는 수밖에 없다.

"그런데 진짜로 장기 밀매라고 생각해?"

"글쎄…… 그건 아닌 것 같아."

그 부분에 대해서는 경찰의 말이 맞다.

장기 밀매를 하려고 한다면 사실 노숙자들을 노릴 이유가 없다.

지난번에는 대량 실종이니까 그 정도 숫자를 채우려면 노숙자를 노려야 했겠지만.

"한국에서는 남자의 실종은 수사하지 않잖아."

그렇게 소송을 하고 따지고 했지만, 경찰은 경찰력 부족을 이유로 아직도 실종 사건에 대해 제대로 수사를 하지 않는다.

심지어 남자의 실종 신고는 아예 자체적으로 가출로 슬쩍 넘겨 버리는 것이 현실.

"그러니 장기 밀매를 소수로 하려고 한다면 도리어 남자를 납치하는 게 훨씬 나은 선택이지."

한국 남자들은 경찰의 보호권에서 벗어나 있는 데다가 노숙자들도 어차피 대다수가 남자다.

더군다나 일반인들이 건강 면에서는 노숙자들보다 훨씬 좋다.

"대단위 실종을 따질 게 아니라고 하면 말이지."

"그래. 그런데 지금까지 실종된 숫자는 총 열 명 정도야."

본격적인 장기 밀매라고 보기에는 그 숫자가 너무 적다.

"그리고 장기 밀매는 무조건적으로 납치하는 게 아니야."

소수로 납치하는 경우 가장 중요한 문제는 그 장기의 적합성이다.

지난번처럼 아예 대량으로 납치하면 그중 한 명은 맞겠지만, 그렇지 않은 경우 인체의 적합성을 따지는 게 중요하다.

"그런데 노숙자들한테 건강검진 기록이 어디 있어?"

건강검진 기록은커녕 간혹 자기 혈액형도 모르는 노숙자도 있다.

그러니 장기 밀매 쪽과는 거리가 있어 보였다.

"장기 밀매라고 생각했는데."

"나도 처음에는 그랬는데……."

하지만 그건 것치고는 여러 가지 이상한 게 많다.

"CCTV는 확인해 봤어?"

"시기가 특정이 안 되어서 별거 없어."

오광훈은 어깨를 으쓱했다.

그들이 주로 활동하던 곳의 CCTV를 찾아봤지만 나오는 것은 없었다.

"아무것도 없는데 어떻게 찾으려고?"

"글쎄다. 그게 문제인데……."

노형진은 턱을 문질렀다.

이렇게 길이 없는 건 처음이었으니까.

"혹시나 새로운 일자리를 미끼로 꼬셔 내거나……."

"아니, 그럴 리가 없어."

물론 재활 의지가 있는 노숙자들도 있지만 그렇지 않은 사람들도 많다.

그들은 일자리가 생겨도 일하기를 원하지 않는다.

"아무래도 이건 좀 오래 걸리겠네."

노형진은 걱정스럽게 말했다.

그러나 그 실마리는 생각지도 못한 상황에서 튀어나왔다.

⚖

컹컹!

컴컴한 산속에 사람들이 뛰어가고 그 주변에 몇 마리의 개들이 뛰고 있었다.

"이 근처가 맞아?"

"맞아, 이 근처라고."

총을 짊어진 사람들.

그들은 사냥개를 풀고 산을 오르고 있었다.

"족히 200킬로그램은 넘는 놈이야."

"이야, 그런 놈이 아직도 남아 있단 말이야?"

이들은 멧돼지 사냥꾼이었다.

시골에서 농사를 짓는 사람들에게 멧돼지는 골치 아픈 대상이었다.

산에서 내려오지 않으면 상관이 없는데 산을 내려와서 농작물을 다 헤집기 때문이다.

특히나 그런 식으로 한번 맛들인 놈은 편하게 먹이를 구할 수 있기 때문에 계속 내려온다.

더군다나 이런 놈들의 특징은 한 번에 먹는 걸로 끝내지 않는다는 것이다.

이거 한입, 저거 한입. 그런 식으로 모든 작물을 몽땅 망쳐 버리기 때문에 피해가 심한 경우 정부에서는 엽사들을 보내서 그 멧돼지를 사냥한다.

"이 사진 좀 봐. 못해도 200, 어쩌면 250쯤 될걸."

"이런 놈은 오랜만이네."

엽사들은 총을 다시 한번 확인하고 주변을 둘러봤다.

"개들이 미쳐 날뛰는 걸 보니까 이 근처인데."

개들이 냄새를 추적하고 자신들은 그들을 따라간다.

그리고 개들에게 포위당한 멧돼지가 움직이지 못할 때 엽총으로 쏴 버리는 것이 일반적인 사냥 방법이다.

"이 아래 참외밭을 아주 절반은 작살을 냈더라고."

"참외라……. 아주 환장하겠네."

인간이 개량한 참외는 야생에서 먹을 수 없는 달달함이 있다.

그래서 한번 입에 댄 이상 그걸 끊임없이 먹으러 온다.

컹컹!

"찾았나 보다."

개들이 미쳐서 날뛰기 시작하자 엽사들은 끈을 풀었다.

이 정도라면 근처에 있다는 소리니까.

컹컹컹!

개들은 짖으면서 숲으로 뛰어들었고, 그들은 다급하게 그 개들을 따라서 깊은 숲으로 향했다.

"어디야? 어디로 간 거야?"

"추적 장치 좀 켜 봐."

"여기 산 진짜 험하네."

인간이 아무리 빨라도 개보다는 느리다.

당연히 개들은 순식간에 시야에서 사라졌고, 그들은 개들에 붙여 둔 추적 장치를 따라서 산속으로 따라 들어갔다.

꾸이이익!

그리고 좀 떨어진 곳에서 들려온 멧돼지의 울음.

"저기다!"

그들은 다급하게 뛰어갔고 곧 개들에게 포위되어서 움직이지 못하는 멧돼지를 발견했다.

"저게 200? 장난해? 300킬로그램은 넘겠는데!"

엽사 한 명이 기가 차다는 듯 말하면서도 총을 겨눴다.

저렇게 큰 놈을 잡으면 가지고 내려가는 것도 일이니까.

"이거 한 방에 안 죽으면 곤란하겠는데."

"위험하니까 제대로 조준해."

"알아."

첫 번째 엽사가 방아쇠를 당기자 엽총에서 커다란 슬러그탄이 날아갔다.

저런 멧돼지는 산탄총으로는 못 잡는다.

더군다나 주변에 개들도 있으니까 슬러그탄을 쓸 수밖에 없다.

'퍽!' 하는 소리와 함께 피가 튀었고 멧돼지는 미쳐 날뛰기 시작했다.

꾸이이익!

"으아악! 저 미친놈 돌진한다!"

총알이 날아온 방향을 향해 정면으로 돌진하는 멧돼지를 보고 다른 엽사가 재빠르게 두 번째 탄을 발사했다.

다행히 정면으로 달려오던 중이었기에 날아간 탄환은 머

리를 뚫고 들어갔고, 멧돼지는 달려오던 기세 그대로 바닥을 데굴데굴 굴렀다.

"헉헉. 큰일 날 뻔했다."

"와, 씨발! 이거 진짜 역대급이다. 이거 어떻게 가지고 가지?"

보통 멧돼지는 50킬로그램에서 커 봐야 280킬로그램 정도다. 그런데 이놈은 그중에서도 대물이었다.

"사람 좀 더 불러야겠다. 우리 둘만으로는 이거 못 옮겨."

"그러자."

다른 쪽으로 간 엽사들도 있기에 한 명이 핸드폰을 꺼내서 전화를 걸었다.

그러는 사이 다른 한 명은 잔뜩 흥분한 개들을 진정시키면서 멧돼지가 있던 자리로 향했다.

"도대체 여기에서 뭐 하고 있던 거야?"

위치상 보통 멧돼지들이 선호하는 자리가 아니다. 그런데 여기에 있었다니 이상했다.

더군다나 도망치다가 갇혀 버릴 만한 지형도 아니다.

즉, 도망가다가 여기서 저항한 것도 아니었다.

"뭐, 새끼라도 있나?"

새끼가 남아 있으면 이 산은 또 멧돼지들이 점령한다.

멧돼지들은 한 번에 일곱 마리에서 열세 마리까지 낳기 때문에, 새끼가 있으면 잔인하지만 모조리 죽여야 한다.

안 그러면 진짜 끝이 없으니까.

"새끼는 없는데? 뭐 하고 있었던…… 으아아아악!"

엽사는 멧돼지가 있던 자리에 갔다가 비명을 지르면서 주저앉았다.

"뭐야! 무슨 일이야!"

막 통화를 마치고 다가오던 동료가 그의 비명에 총을 들고 다급하게 뛰어왔다.

그런 그의 눈에 들어온 것은 쓰러진 자신의 동료와 멧돼지가 씹다가 만 듯한 뼈였다.

"이런 미친……."

뼈가 있는 게 놀라운 게 아니었다. 산을 헤집다 보면 뼈만 남은 동물을 보는 건 흔한 일이니까.

문제는, 그 뼈는 누가 봐도 사람의 다리뼈라는 거다.

아무리 그들이 사람의 뼈에 대한 지식이 없다고 해도 그건 알아볼 수 있었다.

그 뼈에는 신발이 신겨 있었으니까.

"이게 무슨……."

두 사람의 얼굴은 새파랗게 변하기 시작했다.

⚖️

노형진은 박구호와 함께 경찰병원 부검실로 들어왔다.

"그 사람이 맞습니까?"

"모르겠습니다."

박구호는 긴 한숨을 내쉬었다.

부검실에 있는 시신을 보면서 그는 한숨을 쉬었다.

경찰은 그의 시신에서 신분증을 확인했고, 실종 신고를 한 사람이 박구호라는 것을 알고는 그를 불렀다.

"하지만 시신에 남아 있는 옷이나 신발은 그 사람 물건이 맞는데요."

눈을 찌푸리는 박구호.

자신이 아는 그 사람이 맞는지 알 수는 없지만 상황상 맞을 것이다.

"뭐, 비교하거나 할 사람 없나요?"

"이분은 저한테 가족에 대해 전혀 이야기를 하지 않아서……."

결국 유전자 검사를 할 만한 사람도 아니라는 거다.

"더군다나 그분이 맞는다면 저랑 아주 친한 것도 아닌지라……."

지극히 폐쇄적인 사람이라 동료 노숙자들과도 어울리지 않는 편이었고, 또 실종자들 중에서도 일찍 실종된 사람 중한 명이라 딱히 잘 아는 건 아니었다고 한다.

"그나마 제가 실명을 아는 몇 안 되는 사람이라서요."

그래서 실종 신고를 했던 것뿐이었다는 것이다.

"그런데 어째서 이런 꼴이 된 건지."

서울에서 실종된 사람이 강원도의 산속에서 갑자기 백골

상태로 발견된 것이 노형진도 박구호도 이해가 가지 않았다.

"경찰은 뭐라고 하던가요?"

"조사해 보겠답니다만……."

하긴, 현 상황에서 무슨 말을 하겠는가?

"명복을 빌어 주는 수밖에 없겠네요."

그것 말고는. 해 줄 수 있는 게 없는 상황.

하지만 노형진은 명복을 빌어 주는 것 외에 할 수 있는 다른 뭔가를 찾아냈다.

"잠시만요."

"네?"

검시관은 노형진이 다가오자 눈을 찌푸렸다.

신원 확인을 위해 부른 거지 시신을 살펴보라고 한 건 아니었으니까.

"이분, 시신 검시를 한 겁니까?"

"아직 아닙니다. 신분증을 기초로 신고자를 부른 거라서요."

"그러면 잠시만 저 좀 도와주시겠습니까?"

"무슨 일이신데요?"

"잠시만요. 잠깐만 핀셋 좀 가지고……."

노형진이 말하자, 검시관은 그가 뭔가를 발견했다고 생각하고 재빠르게 핀셋을 가지고 왔다.

"거기 척추에 있는 검은 것 좀 꺼내 주시겠습니까? 아니요, 그거 말고요. 그건 흙이고요. 그 아래, 네, 거기 그거요."

검시관은 시신에서 노형진이 지적한 것을 정확하게 집어 올렸다.

군데군데 묻어 있는 흙과 다르게 확연하게 광택을 띠고 있는 물건.

그리고 완벽한 구체를 이루고 있는 물건.

"그게 뭡니까?"

박구호는 그걸 보고 고개를 갸웃했다.

자신이 아는 물건이 아니기 때문이다.

무슨 쇠구슬처럼 생겼는데 이렇게 작은 것은 본 적이 없었다.

"이건······."

노형진은 그걸 보고 신음을 흘렸다.

"어쩌면 우리가 상당히 고약한 사건에 엮인 것 같네요."

노형진은 핀셋 끝에 있는 그 물건을 보면서 입술을 깨물 수밖에 없었다.

⚖

"뭐라고? 산탄?"

"그래, 일반적으로 산탄이라고 불리지. 정확하게는 산탄 안에 들어가 있는 구슬이지만."

산탄.

엽총이나 군용 총에 쓰이는 탄알로, 총알이 단일 개체로

되어 있는 게 아니라 다수의 작은 구슬로 되어 있는 형태.

그 자체의 위력이 강한 것은 아니지만 어마어마한 양의 산탄이 발사되면서 일정 면적을 제압하기 때문에 어떤 면에서는 살상력은 더 뛰어나다.

"그러니까 그 시신에서 산탄이 발견되었다는 거야?"

"그래."

오광훈의 확인 질문에 노형진은 진지한 얼굴이 되었다.

그게 뭔지 알아챈 검시관은 심상치 않은 얼굴이 되어서 시신을 바로 부검했는데, 그 안에서 적지 않은 산탄이 발견되었다.

"그러니까, 피해자는 총을 맞아서 죽었다는 건데."

노형진은 입술을 깨물며 말했다.

"그 상황이 의심스러워."

"어째서?"

"경찰은 수사해 본다고, 그런데 자기들이 봤을 때는 총기 사고라고 이야기하는데……."

산속에서 사람이 실수로 총에 맞고 죽자 그 총을 쏜 누군가가 다급하게 그를 버리고 갔다는 것이다.

충분히 있을 수 있는 일이다.

"너는 그게 실수가 아니라고 생각하는 거야?"

"실종 장소가 서울이야. 그런데 난데없이 강원도에 가서 총에 맞아 죽는다는 게 이해가 가?"

말이 안 된다.

더군다나 그곳은 도심도 아니다.

노숙자들이 생활을 이어 가는 가장 흔한 방법은 구걸이다.

그런데 거기는 구걸을 할 수도 없고, 최소한의 문명 시설도, 화장실도 없다.

"그런데 노숙자가 제 발로 간다는 건 말도 안 되는 거지."

"그건 그렇지. 경찰이 그걸 모르지는 않을 텐데?"

"그러니까!"

그래서 노형진은 더 짜증이 났다.

아무리 수사가 기밀 사항이라고 해도, 이런 사건은 그냥 사고라고 판단하면 안 된다.

그런데 일단 사고로 보고 시작하는 수사라니.

"설마 경찰이 사고로 종결 처리하지는 않겠지?"

"뇌가 있다면 그러지는 않겠지."

자기들에게야 사고처럼 이야기했지만 그렇다고 해서 그들이 진짜로 사고로 보는 것은 아닐 것이다.

"아마도 우리가 캐묻는 게 귀찮으니까 쫓아내려고 한 말이겠지."

"그건 그것대로 문제인데."

오광훈은 입맛을 쩝쩝 다셨다.

하긴, 경찰 입장에서는 노형진과 박구호가 꺼림칙할 것이다.

"진짜 사고가 아니야?"

"사고일 수가 없어."

일단 실종 장소와 사망 장소가 너무 먼 것이 문제다.

노숙자가 강원도까지 갈 이유가 없다.

"더군다나 산탄이 사용되었다는 게 문제야."

"어째서?"

"산탄은 광범위한 범위를 제압할 수 있지만 탄환 자체는 위력이 약해."

노형진은 차분하게 말했다.

군 생활을 안 해 본 오광훈에게는 제대로 된 설명이 필요하니까.

"그래서 근거리에서는 어마어마한 힘을 가지지만 원거리에서는 명중률도 위력도 떨어지지. 하물며 군용도 아니고 국내에서 구할 수 있는 엽총에 들어가는 산탄이라면 더더욱 말이야."

"그런데?"

"그게 문제야. 산탄을 사용하는 목적은 뻔하거든."

대형 짐승은 사냥하지 못한다.

그래서 멧돼지를 잡으러 갔던 사람들은 산탄이 아니라 슬러그탄을 쓴 것이다.

그래야 한 방에 제압할 수 있으니까.

"작은 짐승 또는 새 같은 걸 잡는 게 산탄이지."

"그런데?"

"거기는 깊은 숲이야. 나무도 많지. 그런 곳에서 산탄은 무용지물이야."

대부분의 탄이 나무에 막힐 테니까.

거기에다 그런 곳에는 작은 동물이 많지 않다. 오히려 멧돼지나 고라니 등등 덩치가 있는 짐승들이 많다.

"새나 작은 짐승은 거기서 잡는 게 비효율적이니, 결국 거기서 사냥을 하려고 했다면 슬러그탄을 써야 해. 안전을 위해서도 말이야."

실제로 그곳에서는 멧돼지 사냥이 이루어지고 있었다.

즉 멧돼지가 있다는 건데, 아무리 총이 좋아도 산탄으로는 멧돼지를 절대 못 잡는다.

사람들이 잘 몰라서 그렇지 멧돼지는 유해 조수 중에서도 위험한 놈에 속한다.

충분히 사람을 죽일 수 있는 놈들이다.

"그런데 산탄에 맞아서 죽었다? 그게 말이 안 되는 거지."

"으음……."

"거기에다 검시관 말로는, 각도로 봐서는 산탄이 뒤에서 날아왔을 가능성이 높다는 거야."

앞쪽은 사람들의 장기가 몰려 있다.

그래서 척추까지 닿는 것이 힘들다.

하지만 등 뒤라면 충분히 척추에 닿고도 남는다.

"즉, 도망가는 사람을 향해 쐈다는 거지."

    사람을 못 알아볼 정도로 원거리에서 쐈다면 이렇게 산탄 조각이 많이 나올 리가 없다.

"그런 걸 감안하면 누군가 그를 납치해서 산에서 등 뒤에서 쐈다고 보는 게 타당하지."

"하지만 왜?"

오광훈은 이해가 가지 않았다. 노숙자에게 무슨 원한이 있는 것도 아니고, 누가 그런 짓을 한단 말인가?

"그런 일을 할 만한 사건이 있지."

노형진은 미국에서 가끔 벌어지는 사건이 생각났다.

소위 말하는 인간 사냥.

하지만 한국에서 단 한 번도 벌어진 적이 없는 사건.

'하지만 미국이나 한국이나 미친놈들은 넘쳐 나고, 별반 다르지 않지.'

그리고 미국에서 벌어진 그 인간 사냥의 희생자는 추적이 힘든 오지 여행객이나 노숙자였다.

'하지만 한국은 오지 여행객이 거의 없으니…….'

남은 건 노숙자뿐.

"인간 사냥꾼이 나타난 것 같아."

노형진은 떨리는 목소리로 말할 수밖에 없었다.

다음 권으로 이어집니다

# 꿈의 도약, 로크에서 하십시오
# (주)로크미디어에서 신인 작가를 모십니다

즐거운 세상, 로크미디어는 꿈을 사랑하고 도전을 두려워하지 않는 작가 분들의 참신한 작품을 기다리고 있습니다. 21세기 장르 문학계를 이끌어 갈 차세대 선두 주자 (주)로크미디어에서 여러분의 나래를 활짝 펴 보시길 바랍니다.

**모집 분야** 판타지와 무협을 포함한 장르 문학
**모집 대상** 아마추어 작가, 인터넷 작가
**모집 기한** 수시 모집

### 작품 접수 시 유의 사항

1. 파일명은 작가명_작품명.hwp형식을 갖춰 주십시오.
1. 파일에 들어갈 내용은 다음과 같습니다.
   - 성명(필명인 경우 실명을 밝혀 주세요), 연락처, 이메일 주소
   - 제목, 기획 의도
   - A4용지 1장 분량의 등장인물 소개
   - A4용지 2장 분량의 전체 줄거리
   - 본문
1. 작품이 인터넷에 연재되고 있다면, 게시판명과 사이트의 구체적이고 정확한 주소를 기재해 주십시오.

선택된 작품은 정식 계약 후 출판물로 간행되어 전국 서점에 유통됩니다.
작가 분은 (주)로크미디어의 전폭적인 지원하에 전속 작가로 활동하시게 됩니다.
※ 자세한 내용은 로크미디어 홈페이지(rokmedia.com)를 참조하세요.

(03920)서울시 마포구 성암로 330 DMC첨단산업센터 3층 318호
(주)로크미디어 편집부 신간 기획 담당자 앞
전화 : 02) 3273-5135
www.rokmedia.com    이메일 : rokmedia@empas.com

ROK
MEDIA

# 음악의 신들과 함께한다

이한성 현대 판타지 장편소설

# 철종 哲宗

## 강동호 대체역사 소설

『효종』『대망』의 작가, 강동호!
미래의 지식으로 군림할 **철종**과 돌아오다!

4년 차 역사학 시간강사 태수
전임 교수 임명에 제외된 날 트럭에 치였는데
정신을 차리니 철종이 되었다?

세계열강이 아시아를 욕심내는 1850년대
조선을 지키기도 벅찬 마당에
국정 농단으로 나라를 좀먹는 세도정치와
온갖 패악을 부리는 서원까지……

내탕금을 털어 키운 정보 조직을 이용해
내부의 적은 때려잡고
화폐개혁과 군사제도 역시 개편해
전쟁의 역사에 맞서 조선의 운명을 뒤바꾼다!

예정된 혼돈의 시대
시간을 거스른 철종, 진정한 군주가 되어
조선을 지키고 세상을 가질 것이다!